AF150807

ROLF **KUMMER**

Kummer's Kurze
AUS DEM LEBEN GES(CH)EHEN

Von ganzen und halben Wahrheiten

novum pro

Dieses Buch ist auch als
e-book
erhältlich.

Bibliografische Information
der Deutschen Nationalbibliothek:

Die Deutsche Nationalbibliothek
verzeichnet diese Publikation in
der Deutschen Nationalbibliografie.
Detaillierte bibliografische Daten
sind im Internet über
http://www.d-nb.de abrufbar.

Gedruckt in der Europäischen Union
auf umweltfreundlichem, chlor- und
säurefrei gebleichtem Papier.

© 2024 novum Verlag

ISBN 978-3-99146-951-3
Lektorat: Karolin Leyendecker
Umschlagfoto: Liselotte Kummer
Umschlaggestaltung, Layout & Satz:
novum Verlag

www.novumverlag.com

Druckprodukt mit finanziellem
Klimabeitrag
ClimatePartner.com/16547-2311-1001

***

„Drum geh' nicht zum Fürst,
wenn du nicht gerufen würst!"

Dies war der Lieblingsspruch eines meiner ersten Vorgesetzten bei der Generaldirektion PTT[1]. Erläuternd sagte er mir dazu: „Einfach machen, nur nicht immer fragen. Man wird mich zweifelsohne rufen, wenn man mit meinen Entscheiden nicht einverstanden sein sollte."

Diese Haltung habe ich mir, wo immer möglich, ebenfalls zu eigen gemacht und es bis zum heutigen Tag nie bereut.

***

---

1 Post-, Telefon- und Telegrafenbetriebe

Inhaltsverzeichnis

Vorwort

Die Idee zum Schreiben dieses Buches ist bei mir kurz nach meiner Pensionierung im Mai 2019 entstanden.

Seit jeher beobachte ich sehr gerne das Verhalten meiner Mitmenschen in ganz unterschiedlichen Lebenssituationen. Gestützt auf solche Beobachtungen und Erinnerungen schrieb ich meine Kurzgeschichten in diesem Buch nieder. Sie entsprechen einerseits voll und ganz wahren, von mir erlebten Begebenheiten, andererseits habe ich verschiedene Erlebnisse oder Feststellungen mit meiner Fantasie angereichert.

Die 33 Kurzgeschichten sowie die kurzen oder etwas längeren Zwischentöne sollen zum Nachdenken, Schmunzeln oder beidem anregen. Warum gerade 33 und nicht 30 oder 40? Der Grund ist ein einfacher: Als Familie wohnten wir über 20 Jahre in einem Haus mit der Nummer 33. Die Zahl 33 ist somit zu einer Familienzahl geworden und sie wird es auch bleiben.

Ich wünsche Ihnen, liebe Leserin, lieber Leser, viel Freude mit diesem Buch.

1

Die Polizei, dein Freund und Genießer

Unsere liebe Mutter war eine sehr gute Köchin. Oft hat sie uns Kindern von ihrem Haushaltslehrjahr erzählt, wo sie in ihren jungen Jahren in die Geheimnisse der Küchen- und Haushaltsarbeit eingeweiht worden war. Als Familie durften wir täglich von diesen sorgfältig erlernten und nachhaltigen Fähigkeiten profitieren. Wir wussten alle die Kochkunst unserer Mutter zu schätzen. Sie verstand es auch, immer wieder Neues auszuprobieren und uns dann als erste Versuchspersonen einzusetzen. Wir wurden nie enttäuscht.

Die Früchtewähen waren ganz klar eine der vielen kulinarischen Stärken meiner Mutter. So kamen wir als Kinder und als Familie während des ganzen Jahres immer wieder in den Genuss, frisch gebackene Früchtewähen zu kosten. Die Lebensdauer solcher Wähen war jeweils äußerst kurz. Kaum waren sie auf dem Tisch, sei es zum Mittag- oder zum Abendessen, schon verschwand Stück für Stück durch unsere Mäuler in den Verdauungstrakten unserer hungrigen Körper. Zwetschgen-, Aprikosen-, Rhabarber- oder Kirschenkuchen, um nur ein paar Sorten aufzuführen –, alle erfuhren das Schicksal eines kurzen Daseins. Meine Mutter musste uns Kinder bzw. Jugendliche jeweils bändigen, damit auch die zum Essen eingeladenen Personen ein Stück der köstlichen Wähe genießen konnten. Bei solchen Mahlzeiten gab es nie Reste. Nie!

Diese Früchtewähen waren auch bei unserer Verwandtschaft ein Renner. An schönen Tagen trafen wir uns regelmäßig an Wochenenden in unserem in schöner Natur gelegenem Garten[2]. Häufig waren wir zwischen 15 und 20 Personen am Tisch. Zum Dessert tischte dann unsere Mutter die erwähnten Früchtewähen auf, mit und ohne Rahm. Alle waren stets begeistert und füllten ihre Mägen bis in die hinterste Ecke mit diesen Köstlichkeiten. Auch dankten immer alle unserer Mutter für diese große und mit viel Liebe vollbrachte Arbeit. Damit die Wähen an einem Sonntag rechtzeitig für den Transport in den Garten bereit waren, stand unsere Mutter häufig bereits sehr früh am Sonntagmorgen in der Küche.

Viele Jahre später, als unsere Mutter allein in einer kleineren Wohnung lebte, kam es, dass an einem frühen Sonntagmorgen, draußen war es noch finster, ein Polizeifahrzeug langsam an ihrem Wohnblock vorbeifuhr. Die beiden diensttuenden Polizisten im Fahrzeug wunderten sich, dass bereits um diese Zeit in einer Wohnung Licht brannte. Da zu dieser frühen Stunde nicht gerade viel los war auf den Straßen und es auch allgemein recht ruhig war, entschieden sich die beiden Hüter des Gesetzes, der Sache auf den Grund zu gehen. Sie parkierten den Polizeiwagen am Straßenrand und klingelten an der Haustür der Wohnung, in der das Licht brannte. Die Tür ging auf und unsere Mutter sah verdutzt in die Gesichter der beiden freundlich lächelnden Polizisten. „Ist etwas Schlimmes passiert?", fragte sie sofort und etwas erschrocken. „Nein, nein, überhaupt nicht", beruhigten die Uniformierten unsere Mutter. „Wir haben nur das Licht in Ihrer Wohnung gesehen und wollten sicherheitshalber nachschauen, ob bei Ihnen alles in Ordnung ist", antworteten sie fast im Chor. Unsere Mutter konnte sich ein Schmunzeln nicht verkneifen, erklärte den frühen Besuchern den Grund und bat sie in die Küche. Die beiden Polizisten sagten beim Eintreten in die Wohnung, dass es ausgezeichnet riechen würde. Die Frage, ob sie gerne

---

2 Unser Garten in Riehen lag im sogenannten „Schlipf", im unteren Teil des Tüllinger Berges, nahe der Grenze zu Deutschland.

ein Stück frische Früchtewähe essen möchten, beantworteten die Gesetzeshüter sofort mit einem: „Ja, sehr gerne." Also setzten sie sich an den runden Küchentisch.

Und dann erging es den beiden Polizisten wie uns allen. Es blieb nicht nur bei einem Stück. Oh, nein. Schließlich war die ganze Wähe weg. Die beiden Polizisten bedankten sich überschwänglich und verließen gut genährt, gestärkt und noch besser gelaunt die Wohnung. Kaum hatte unsere Mutter die Wohnungstür wieder verschlossen, musste sie allerdings nochmals in die Hosen bzw. in den Rock und backte eine neue Früchtewähe, um die behördlich verspiesene Wähe zu ersetzen.

Der unerwartete Besuch der beiden Gesetzeshüter war natürlich das Tagesgespräch an diesem sonnigen Sonntag in unserem Garten. Wir haben uns alle amüsiert über dieses nicht alltägliche Erlebnis unserer Mutter.

Die beiden Polizisten haben selbstverständlich ihren Arbeitskolleginnen und -kollegen vom frühmorgendlichen Früchtewähen-Erlebnis erzählt. So kam es, dass sich ab und zu an einem Sonntag im Morgengrauen eine Polizeipatrouille zur Wohnungstür unserer Mutter verirrte.

***

Der liebe Gott sieht alles.
Doch unsere lieben Nachbarn sehen noch viel mehr.

Von Hand geschriebene Inschrift auf einer Holztafel, die gut sichtbar an einem Mobilheim auf einem Campingplatz im Oberwallis angebracht war.

***

2

Fuchs, du hast den Schuh gestohlen

Als Kinder haben wir im Kindergarten oft aus voller Kehle das bekannte Lied „Fuchs, du hast die Gans gestohlen" gesungen. 60 Jahre später musste ich aufgrund folgender Begebenheit wieder an dieses Kinderlied zurückdenken.

An einem wunderbaren Spätsommerabend im September 2023 fuhren meine Frau und ich mit unseren Fahrrädern, wohlgemerkt keine E-Bikes, auf die Sankt Petersinsel[3]. Um diese Zeit waren nur noch sehr wenige Fußgänger unterwegs. Wir genossen die herrliche und friedliche Abendstimmung, die größtenteils unberührte Natur und die Ruhe. Einfach großartig. Wir kommen immer wieder gerne hierher, um mit unseren Stahlrössern[4] eine Runde auf dieser Halbinsel im Bielersee zu drehen. Dabei können wir jedes Mal allerlei Tiere und Naturschauspiele beobachten und fotografieren.

Bei der Schiffsstation im Norden der Petersinsel liegt eine kleine, malerische Bucht. Dort fuhren wir auch heute wieder hin und setzten uns beim Sunset-Bistro an einen der mehrheitlich freien Tische. Das Bistro war geschlossen, aber Tische und Stühle standen noch draußen und luden zum Ausruhen ein. Nebst uns waren nur noch ein paar wenige Personen anwesend, die sich im kühlen Wasser des Bielersees erfrischten oder auf den Liegestühlen

---

3 Die Sankt Petersinsel ist eine Halbinsel im Bielersee, ein sehr beliebtes Ausflugsziel.
4 Fahrräder

die letzten Sonnenstrahlen genossen. Wir nahmen unsere Äpfel aus dem Rucksack und sogen die Abendstimmung und den faszinierenden Blick über den See in uns auf.

Und plötzlich tauchte er auf. Ein kleiner Fuchs schlich sich aus dem Wald hinter uns hervor und spazierte frisch-fröhlich und ohne irgendwelche Hemmungen oder Berührungsängste zwischen den Stühlen und Tischen des Bistros umher. Er schnupperte ständig am Boden. Es war offensichtlich, dass der kleine Kerl hungrig und auf Nahrungssuche war. Wir alle beobachteten das schlaue Tier und wunderten uns über dessen Zutraulichkeit. Er war fit und sicher auf den Beinen; wir hatten also keine Tollwut zu befürchten.

Völlig unerwartet schnappte sich der junge Fuchs einen der unter einem Tisch stehenden Turnschuhe eines Badegastes und verschwand damit im Wald. Meine Frau hatte dies beobachtet und rief: „Er hat sich einen Turnschuh geschnappt!" Gleichzeitig konnte sie sich ein Lachen wegen des Verhaltens dieses kleinen Fuchses nicht verkneifen. Der Mann, dem der Turnschuh gehörte, kam so rasch wie möglich aus dem Wasser und lief barfuß hinter meiner Frau dem diebischen Fuchs nach. Dieser rannte nicht einfach mit seiner Beute davon, nein. Er hielt immer wieder inne, schaute zurück in Richtung meiner Frau und des beraubten Badegastes. Als der kleine Fuchs sich das nächste Mal umblickte, zog meine Frau mit ihrem Apfelrest die Aufmerksamkeit des frechen Räubers auf sich. Sie zeigte ihm das Obststück und warf es in der Nähe des Fuchses in den Wald. Der hungrige, flinke Fuchs ließ sofort den Turnschuh aus seiner Schnauze fallen und sprang in die Richtung, wo der Apfelrest zu Boden gefallen war. Das war die Gelegenheit für den Besitzer des Turnschuhs, diesen sofort einzukassieren, bevor es sich der kleine Fuchs wieder anders überlegen sollte. Glück gehabt. Der Mann nahm seinen Turnschuh auf und lief damit erleichtert zurück an den See. Der hungrige Fuchs hatte in der Zwischenzeit das Obststück meiner Frau gefunden und verspeiste es genüsslich und umgehend.

Der kleine Fuchs hatte etwas zu essen und der Badegast war wieder im Besitz seiner zwei Turnschuhe. Eine echte Win-win-Situation, dank meiner Frau, die rasch und mindestens so schlau wie der kleine Fuchs reagiert hatte.

Der Badegast bedankte sich bei meiner besseren Hälfte für ihr gekonntes und überlegtes Eingreifen. Das war ja noch mal gut gegangen. Es hat nicht viel gefehlt und der kleine Räuber wäre mit dem erbeuteten Turnschuh auf Nimmerwiedersehen im Wald verschwunden.

Den kleinen, zutraulichen Fuchs haben wir übrigens nie mehr zu Gesicht bekommen. Vielleicht hatte er genug von Turnschuhen und suchte sich ein Revier, in dem er essbare Beute machen konnte.

***

Gott hat die Zeit erschaffen,
von Eile hat Er nichts gesagt.

Diese Worte hat mein lieber Vater in ganz unterschiedlichen Situationen immer wieder geäußert. Er war stets der ruhende Pol der Familie, auch in hektischen Situationen.

***

3

Die Gipfelstürmer

Als Jugendliche verbrachten wir mehrmals die Ferien in Grindelwald im Berner Oberland. Nach dem Tod unseres Vaters machte meine Mutter zusammen mit uns, unserer Großmutter und
einer unserer Tanten Urlaub in Grindelwald. Wir alle liebten
die fantastische Bergwelt rund um diesen damals noch wenig
vom Touristenstrom überfüllten Ort. Wir mieteten eine Wohnung in einem heimeligen Chalet. Vom kleinen Balkon aus sahen wir direkt auf die Eigernordwand. Wir liebten es, auf dem
Balkon stehend die heftigen Berggewitter zu beobachten, Blitz
und Donner zu sehen und zu hören. Das war stets ein ganz besonderes Spektakel mit der Eigernordwand im Hintergrund. In
unseren Ferien erkundeten wir zu Fuß die herrliche Region rund
um diesen bekannten Touristenort. Schlussendlich glaubten wir,
alle erreichbaren Ausflugsziele in- und auswendig zu kennen.

Mein Bruder Däni und ich suchten deshalb eine neue sportliche
Herausforderung in dieser Gegend und fanden sie schließlich im
Gipfelstürmen. Wir wählten ein Ziel aus und versuchten dann,
es zu Fuß so rasch wie möglich zu erreichen. Dabei wollten wir
die auf den gelben Wegweisern angegebenen Marschzeiten immer wesentlich unterbieten. Meist waren wir nach der Hälfte
oder nach zwei Dritteln der angegebenen Zeit am Ziel. Wir waren immer mit gutem Schuhwerk unterwegs, meistens jedoch
ohne Trinkwasser und Proviant. Auch Trekkingstöcke kannte
man damals noch nicht. Wir waren beide fit wie ein Turnschuh
und brauchten keine Hilfsmittel, um unseren hoch gelegenen
Zielen entgegenzustreben. Es war stets eine große Genugtu-
ung für uns, wenn wir wieder eine neue Rekordzeit aufgestellt

hatten. Oben auf dem Berg genossen wir die Aussicht, machten eine kurze Pause und rannten dann möglichst rasch wieder ins Tal hinunter. Ja, wir rannten! Sie haben richtig gelesen. Wir erklommen die verschiedenen Gipfel im Laufschritt, also rannten wir die Wege logischerweise auch wieder hinunter.

Unsere Mutter, Großmutter und Tante nahmen immer wieder mit Erstaunen zur Kenntnis, wie rasch wir in der Hügel- und Bergwelt rund um Grindelwald unterwegs waren. Auch Herr Bleuel, der Besitzer des Chalets, in dem wir unsere Wohnung gemietet hatten, bekam schließlich davon Wind und sprach uns auf unsere Rekorde an. Er war in Grindelwald aufgewachsen, ein erfahrener Berggänger und kannte deshalb mit seinen 65 Jahren die Region um einiges besser als wir Feriengäste aus dem Unterland. Er war von unseren Rekorden nicht so begeistert wie die Familie. In den Bergen müsse man sich Zeit nehmen, es gäbe immer wieder Gefahren, die lauern. Es könne rasch etwas passieren und dies meist dann, wenn man es nicht erwarte. Er schlug uns eine gemeinsame Wanderung zur Stieregghütte[5] vor. Diese Wanderung führe über Leitern am Grindelwaldgletscher vorbei. Das tönte natürlich für meinen Bruder und mich nach einem kleinen Abenteuer und wir sagten Herrn Bleuel sehr gerne zu, nachdem wir das Einverständnis unserer Mutter eingeholt hatten.

Bereits am folgenden Morgen, zu früher Stunde, marschierten wir zwei jungen Gipfelstürmer mit Herrn Bleuel los. Unsere Rucksäcke waren vorbildlich mit Proviant und Wasserflasche gefüllt. Wir wanderten, kein Laufschritt. Herr Bleuel brauchte keine Karte, er kannte die heiklen Passagen und gab uns stets die nötigen Verhaltensanweisungen. Höhepunkt dieser Wan-

---

5 2005 löste sich unterhalb dieser Hütte eine Moräne. Wegen dieses Hangabrisses sind heute nur noch Reste der Grundmauern der Stieregghütte an der Abrisskante sichtbar.

derung war ganz klar der Aufstieg über verschiedene Leitern, welche an steilen Felsen montiert waren und nahe am oberen Grindelwaldgletscher vorbeiführten. Gott sei Dank waren mein Bruder und ich schwindelfrei. An den Leitern lautete die Devise unseres privaten Bergführers: „Langsam aufsteigen, Stufe um Stufe, immer gut mit beiden Händen an den Sprossen festhalten, nicht oder nicht zu viel hinunterschauen." Ohne irgendwelche Sicherung stiegen wir Sprosse um Sprosse höher. Dieser Aufstieg war für meinen Bruder und mich ein großartiges, unvergessliches Erlebnis. Oben angekommen folgten noch ein paar Kilometer Fußmarsch in einer herrlichen Bergwelt. Herr Bleuel öffnete uns auf seine Art die Augen für die Wunder der Natur. „Wenn ihr in den Bergen die Wanderwege ständig nur hinauf- und hinunterrennt, habt ihr Gipfelstürmer nichts von all' den Schönheiten wirklich gesehen." Wie Recht hatte er doch mit dieser Aussage.

Dieses tolle Erlebnis mit Herrn Bleuel hat dazu geführt, dass mein Bruder und ich die Gipfelstürmerei an den Nagel hängten und von nun an unser Wandertempo wieder der Allgemeinheit anpassten.

***

Nur nicht hetzen.
Die Arbeit läuft einem nicht davon.

Diese Aussage habe ich in einem beliebten Restaurant gelesen.
Wie wahr, ich kann das nach all' den Jahren im Berufsalltag
vollumfänglich bestätigen.

***

4

Die Kaffeekühe

Im Herbst 1973 war unsere Cousine Elisabeth mit uns in den Ferien in Grindelwald. Elisabeth war damals sieben Jahre alt. Sie war ein aufgewecktes Mädchen und sehr interessiert an allem, was um sie herum geschah. Dank des herrlichen Wetters konnten wir zur Freude aller jeden Tag ausgedehnte Spaziergänge und Wanderungen in dieser wunderbaren Bergwelt unternehmen.

Anlässlich einer dieser Wanderungen kamen wir auch an einer großen Wiese vorbei, auf der zahlreiche Kühe friedlich weideten. Es war eine sehr große Herde braun-weiß und schwarz-weiß gefleckter Kühe. Da unsere Cousine Elisabeth bisher noch nie schwarz-weiß gefleckte Kühe gesehen hatte, fragte sie unseren Vater: „Du, Onkel Heiri, was sind das für Kühe, die schwarz-weißen?" Unser Vater hatte sehr viel Humor und brachte uns immer wieder zum Lachen. Er antwortete deshalb ganz spontan: „Die schwarz-weiß gefleckten Kühe sind sogenannte Kaffeekühe. Anstatt Milch fließt beim Melken Kaffee aus dem Euter." Mein Vater sagte dies derart überzeugend, dass Elisabeth es ohne Widerspruch und ohne weitere Fragen geglaubt hatte. Wir drei älteren Buben mussten uns mit aller Mühe das Lachen verkneifen. Als wir wieder in unserem Chalet in Grindelwald waren, steuerte Elisabeth schnurstracks auf unsere Mutter und die Großmutter zu, die auf dem Balkon in der Abendsonne saßen. Voller Freude und Überzeugung erzählte sie den beiden: „Du Tante Hanneli, du Großmami, wir haben Kühe gesehen, die anstatt Milch beim Melken Kaffee geben!" – „Kaffee, nein, das gibt es doch gar nicht. Alle Kühe geben Milch", antworteten sie Elisabeth. Doch Elisabeth gab nicht nach: „Ja, die braun-weißen Kühe geben Milch, die schwarz-weißen Kühe jedoch Kaffee. Onkel Heiri hat das gesagt." Meine Mutter und Großmutter schauten sich zuerst verwundert an, blickten zu unserem Vater, der verschmitzt lächelte, und brachen in schallendes Gelächter aus. Elisabeth verstand zuerst die Welt nicht mehr. Wir erklärten ihr dann lachend, dass Onkel Heiri ihr einen Bären aufgebunden hatte. Natürlich würden alle Kühe Milch geben, dies unabhängig davon, ob sie braun-weiß oder schwarz-weiß gefleckt sind. Es gibt keine Kaffeekühe. Jetzt musste auch Elisabeth lachen. Sie war wieder einmal auf eine Behauptung von Onkel Heiri hereingefallen. Es war ja nicht das erste Mal. Und trotzdem erwischte unser Vater sie immer wieder mit solchen spaßigen Erklärungen.

Die Kaffeekühe in Grindelwald waren damals während der verbleibenden Ferientage immer wieder ein Thema. Unsere Cousine Elisabeth hat dieses Erlebnis bis heute nicht vergessen. Es entzieht sich allerdings meiner Kenntnis, ob Elisabeth auch den eigenen Kindern von den Kaffeekühen in Grindelwald erzählt hat.

***

„Sie ist nicht gerade die hellste Kerze auf der Torte!"

Ein Projektmitarbeiter beurteilte mit diesen Worten auf humoristische Art die Fähigkeiten und Kompetenzen einer Arbeitskollegin.

***

5

Die fliegende Katze

Während 17 Jahren bereicherte eine niedliche Katze den Alltag unserer Familie. Wir haben sie bei ihrer Geburt in Anlehnung an den Namen eines bekannten Schokoladengetränks und aufgrund ihres in Brauntönen gehaltenen Fells auf den Namen „Nesquick" getauft. Obwohl Nesquick eine kleine Katze war, verstand sie es auf beinahe perfekte Art und Weise, sich immer wieder bemerkbar zu machen. Sie ließ sich gerne herumtragen, streicheln oder mit Milch, Schinken und anderen Leckereien verwöhnen. Wir liebten Nesquick, Nesquick liebte uns und sie liebte es insbesondere auch im Mittelpunkt zu stehen.

Diese Mittelpunkt-Stellung geriet für Nesquick allerdings arg ins Wanken, als unsere Töchter eines Tages eine neugeborene, noch flugunfähige Krähe nach Hause brachten. Sie war buchstäblich aus ihrem Nest gestürzt. Unfreiwillig versteht sich. Ein Nachbar hatte in seinem Garten eine hohe Tanne gefällt. Fast zuoberst in dieser Tanne hatte ein Krähenpaar genistet. Beim Fällen der Tanne fiel das Nest in hohem Bogen mitsamt den Jungvögeln zu Boden. Leider hat nur einer aus der Jungmannschaft überlebt. Und dieser kleine, schwarze, gefiederte Kerl landete nun aufgrund des bedauernswerten Vorfalls in unserer Familie und hielt uns für ein paar Wochen echt auf Trab: Käfig bauen, regelmäßige Fütterung mit aufgeweichter Katzen-Trockennahrung, Reinigung des Käfigs, Schutz vor unserer Katze Nesquick und anderen Raubtieren, Vorbereiten auf das Flüggewerden usw. Wir haben die tapfere Krähe „Wondy" getauft; dies in Anlehnung an das englische Wort „wonder", eben Wunder. Für uns war es ein Wunder, dass diese kleine Krähe den

Sturz aus so hoher Höhe praktisch ohne Kratzer überlebt hatte. Unser Wondy gedieh prächtig und nahm täglich an Gewicht und Größe zu. Auch seine Eltern waren stets in unmittelbarer Nähe und beobachteten aufmerksam und aus sicherer Distanz das Heranwachsen ihres einzig verbliebenen Nachwuchses mit krähenden Kommentaren.

Wondy war sehr zutraulich und stand absolut im Mittelpunkt der Familie, was Nesquick natürlich mit Argwohn zur Kenntnis nahm. Eifersucht war auch dabei, das sahen wir ihrem Blick an. Wir mussten stets aufpassen, dass unsere gewitzte Nesquick sich nicht an Wondy heranmachen konnte. Nach ein paar Wochen machte Wondy unter unserer professionellen Anleitung die ersten Flugversuche. Nesquick sah ihm neidisch dabei zu und realisierte genau, dass der kleine Wondy etwas konnte, was sie, aller Anstrengungen zum Trotz, niemals können würde: fliegen! Wir freuten uns natürlich sehr, dass Wondy Tag für Tag besser, weiter und höher in die Lüfte steigen konnte. Schließlich sollte er ja bald wieder ohne uns in der Natur zurechtkommen. Bei seinen Flugübungen hatte sich Wondy ein Lieblingshausdach in der Nachbarschaft ausgesucht. Häufig flog er auf dieses Dach, sah zu uns herab, krähte aus voller Kehle und flog dann auf Zeichen wieder zu uns zurück.

Eines Tages staunten wir nicht schlecht, als wir auf dem von Wondy favorisierten Dach nun plötzlich unsere schlaue Nesquick erblickten. Wie sie den Weg dorthin gefunden hatte, ist uns bis heute ein Rätsel; wahrscheinlich stand hinter dem Haus ein Baum oder ein kleines Gebäude, über das unsere kleine Katze den Weg auf das Dach gefunden hatte. Wie dem auch sei, wir mussten lachen, Nesquick dort oben zu sehen. Wir haben ihr zugerufen und ihr damit zu verstehen gegeben, dass wir sie gesehen hatten. Sie war natürlich stolz, stand sie doch endlich wieder einmal im Mittelpunkt. Sie verweilte nicht lange an diesem Ort. Wir hatten sie gesehen, damit war ihr Ziel erreicht: „Seht her, auch ich kann fliegen!" Sie verschwand vom Hausdach und keine zwei Minuten später stand die niedliche Nesquick wieder bei uns im Garten und strahlte über ihr ganzes Katzengesicht. Ja, richtig – auch Katzen können auf ihre Weise strahlen. Uns allen war nach diesem Erlebnis klar: Mit ihrem überraschenden Ausflug auf das Dach wollte sie uns sagen und zeigen: „Ich kann auch fliegen, wenn es sein muss!"

Kurze Zeit nach diesem amüsanten Erlebnis war unser junger Wondy selbstständig und lebte wieder zusammen mit seinen Eltern in der freien Natur. Und wir haben zur Kenntnis genommen, dass unsere kleine Nesquick „fliegen" kann und das Unmögliche möglich gemacht hat. So ganz nach dem Motto: „Wo ein Wille ist, ist auch ein Weg!"

Während des Berufslebens traf ich mich regelmäßig mit Arbeitskolleginnen und -kollegen zum Kaffee oder Mittagessen. Die Herausforderung dabei war, einander in der Personalkantine zu finden, insbesondere wenn Großandrang herrschte. Oft kam es in solchen Situationen vor, dass Kolleginnen und Kollegen, die nach mir Ausschau hielten, viel zu weit in die Runde schauten und mich nicht sahen, obwohl ich ganz in ihrer Nähe saß. Erst auf mein Zurufen oder auf meine Handzeichen hin fanden sie den Weg an meinen Tisch, wo ich sie humorvoll mit folgenden Worten begrüßte:

> *„Warum denn in die Ferne schweifen,*
> *sieh', das Gute sitzt so nah!"*

***

6

Der unsichtbare Beifahrer

Skiferien in Vorarlberg! Wir freuten uns auf schöne Landschaften, Berge, Sonne, viel Schnee, tolle Pisten, gutes Essen, Ruhe und vieles mehr. Es war später Nachmittag an einem 31. Dezember, als wir mit unserem guten, alten, aber noch fitten Renault Espace auf der Autobahn in Richtung österreichische Grenze unterwegs waren. Wir hatten noch ein paar Kilometer Fahrt vor uns und kamen trotz teilweise heftigen Regens und großen Verkehrsaufkommens recht gut voran. Gerade dieses gute Vorankommen kann leider auch zur Unachtsamkeit führen; manchmal schneller als einem lieb ist.

Wie immer diskutierten wir als Familie beim Reisen in die Ferien über dieses und jenes; manchmal auch etwas laut. Auf jeden Fall herrschte Stimmung im Fahrzeug. Und plötzlich – wie aus heiterem Himmel: Problem unmittelbar vor uns! Das Problem bestand in einer stehenden Fahrzeugkolonne auf meiner Spur, der Überholspur. Rote Bremslichter, Warnblinker. „Habe ich noch genügend Zeit, um zu reagieren?", schoss es mir sofort durch den Kopf. „Und wie?" Innerhalb von Sekundenbruchteilen realisierte ich, dass ein Auffahrunfall nicht mehr zu verhindern war. Ich fuhr mit der erlaubten Höchstgeschwindigkeit auf der Überholspur, nasse Fahrbahn, wenige Meter vor mir haltende Fahrzeuge. Ein rascher Blick in den Rückspiegel zeigte mir zudem, dass sich auf der rechten Spur ebenfalls Fahrzeuge näherten. Ein Ausweichen auf diese Spur wäre also nach meiner superkurzen Beurteilung ebenfalls äußerst kritisch. „Was tun, wie reagieren in dieser Situation?" Auch mit einer Vollbremsung könnte ich einen Auffahrunfall nicht verhindern; auch dies begriff ich sehr rasch. Am Steuer trage ich die Verantwortung für meine Familie, uns alle sicher an den Zielort zu bringen – und jetzt diese ausweglos scheinende Situation. Stoßgebet zum Himmel. Ich entschied mich, wenn irgend möglich, ein Auffahren auf die stehende Kolonne zu vermeiden, und steuerte unseren voll beladenen Renault Espace trotz der nahenden Fahrzeuge auf die rechte Spur zurück und war fest davon überzeugt, dass es in den nächsten Sekunden zu einem Unfall kommen würde. Entweder touchierte ich das letzte Fahrzeug auf der Überholspur oder der Lenker des Fahrzeugs rechts von mir, dem ich brüsk den Weg abschnitt, konnte nicht mehr reagieren und prallte in unser Fahrzeug. Doch die Auswirkungen eines derartigen Zusammenstoßes wären meiner in Sekundenbruchteilen gemachten Beurteilung nach weniger schlimm als die Folgen eines Auffahrunfalls mit dieser hohen Geschwindigkeit. In der Folge konnte ich unser Auto abbremsen und knapp an dem letzten Fahrzeug der stehenden Kolonne vorbeisteuern, ohne dies zu touchieren, gelangte dadurch unversehrt auf die äußere Fahrspur und …

Kein Fahrzeug krachte in unser Auto! Alles ruhig. Kein Hupen, keine Lichtsignale, einfach nichts. Nur das Prasseln des strömenden Regens. Und ich mit einem großen Fragezeichen: „Moment mal, was ist jetzt hier gerade passiert? Weshalb hatte ich keinen Unfall?" Für mich völlig unbegreiflich. Meine Familie hatte natürlich mein brüskes Brems- und Ausweichmanöver bemerkt. Alle fragten mich erschrocken und erstaunt, was passiert sei. Ich versuchte, es so gut wie möglich zu erklären; ich war ja noch voller Emotionen nach diesem unglaublichen Erlebnis. Mein Stoßgebet war erhört worden. „Hurra, wir leben noch; wir hatten keinen Unfall", ging es mir durch den Kopf.

Haben Sie sich in solchen oder ähnlichen Situationen auch schon die Frage gestellt, ob es Schutzengel gibt? Was mich betrifft, ich habe die Antwort: Es gibt sie, diese Schutzengel. Ich bin überzeugt, dass ein solcher Engel damals zur rechten Zeit das Richtige für mich, meine Familie und ein paar weitere Automobilisten getan hat. Und dies auf wunderbare Art und Weise. Bis heute gibt es für mich für diesen vermiedenen Unfall keine andere Erklärung. Wir hatten einen Schutzengel als Beifahrer! Gott sei Dank!

***

Das einzig Beständige
ist die Veränderung.

Ich habe von 1977 bis 2019 ganze 42 Jahre und 1 Monat bei der PTT[6], anschließend bei der Schweizerischen Post gearbeitet. Auch diese Unternehmung konnte ab 1993 der schweizweit immer stärker aufkommenden Veränderungs-Euphorie nicht mehr standhalten: Veränderung um der Veränderung willen.

***

---

6 Post-, Telefon- und Telegrafenbetriebe

7

Corona-Crash in der Migros[7]

Das folgende Ereignis ereignete sich während des Corona-Lockdowns im Frühling 2020 in der Schweiz. Bis auf die Geschäfte mit lebensnotwendigen Produkten waren alle Läden während mehrerer Wochen geschlossen.

In der Zeit des Lockdowns war insbesondere Toilettenpapier ein stark gefragter Artikel. Aber auch verschiedene Grundnahrungsmittel standen in vielen Haushalten zuoberst auf der Einkaufsliste. Vor diesem Hintergrund haben vielerorts Hamsterkäufe stattgefunden. In kurzer Zeit wurden Regale mit gesuchten Produkten leergekauft. Diese ungewohnte Hektik führte an einem späten Nachmittag in der „Migros Spreitenbach" zu einem folgenschweren Zwischenfall. Zwei eilige Migros-Kundinnen sind beim Shoppen mit ihren Einkaufswägelchen äußerst heftig zusammengestoßen. Aufgrund des unerwarteten, wuchtigen Aufpralls verloren beide Frauen das Gleichgewicht, stürzten zu Boden und zogen sich dabei leichte Verletzungen an Handgelenken, Schultern und Knien zu. Zudem wurden ihre gerade erst beim Coiffeur für teures Geld gestylten Frisuren arg in Mitleidenschaft gezogen. Zum Zusammenstoß war es gekommen, weil beide Kundinnen zielstrebig auf die letzten noch verfügbaren Toilettenpapierrollen zusteuerten und dabei weder links noch rechts geschaut hat-

---

7 Bei Beginn der Coronakrise war der Run auf verschiedene Produkte enorm. Insbesondere eben auch auf Toilettenpapier. Die Idee zur Geschichte war geboren.

ten. An den beiden Einkaufswägelchen entstand, abgesehen von ein paar Kratzspuren, kein Sachschaden. Auch die bereits kiloweise eingekauften Teigwaren, Mehl- und Reispackungen wurden zwar beim Aufeinanderprallen der Wagen arg durchgeschüttelt, blieben jedoch allesamt unversehrt.

Die beiden nun noch mehr gereizten Kundinnen rappelten sich rasch wieder auf und lieferten sich ein heftiges Wortgefecht. Mit gegenseitigen Beschuldigungen und Schimpftiraden ohne Gleichen gaben sie sich vor verschiedenen anderen Migros-Kundinnen und -Kunden gegenseitig die Schuld an diesem unschönen Zwischenfall. Die aufgebrachten und genervten Frauen hielten dabei die geltende 2-Meter-Abstandsregel (Stand März 2020) des Bundesamtes für Gesundheit (BAG) nicht ein. Bevor seitens des Migros-Personals jemand eingreifen konnte, spritzte die eine Kundin, Frau T. (Name dem Autor bekannt), ihrer Gegenspielerin, Frau P. (Name dem Autor ebenfalls bekannt), mehrmals Desinfektionsmittel mitten ins Gesicht. Sobald sich Frau P. von diesem Schock erholt hatte, ging sie sofort zum Gegenangriff über, zog ihre Plastikhandschuhe aus und schlug damit wild auf Frau T. ein. Die beiden Streithähninnen konnten schließlich durch mutiges Dazwischenschreiten des Migros-Personals getrennt werden. Bei dieser lobenswerten Aktion riskierten die Mitarbeiter das eigene Leben, da der Mindestabstand von 2 Metern bei dieser heldenhaften Aktion nicht eingehalten werden konnte. Das Personal erntete daher von den anwesenden und die Szene beobachtenden Kundinnen und Kunden Standing Ovations, die alle bisher bekannten Balkonapplause[8] in den Schatten stellten!

---

8 Teile der Bevölkerung klatschten jeden Tag, stets zur selben Zeit, dem Pflegepersonal in den Spitälern Beifall, um ihnen damit ihre Dankbarkeit für die große, geleistete Arbeit auszudrücken. Diese Applause wurden größtenteils von Balkonen herab gespendet.

Diese außergewöhnliche, wüste Streiterei wird auch noch ein gerichtliches Nachspiel haben. Beide Kundinnen wollen sich gegenseitig verklagen und den Rechtsweg beschreiten.

Es entzieht sich meiner Kenntnis, was das Gericht damals entschieden hat. Hingegen weiß ich, dass 2020 unsere Richter noch keine Erfahrungen mit derartigen Corona-„Un-Fällen" hatten.

***

„Du bist nicht allein!"
oder
„Big brother is watching you!"

Während der Corona-Monate war das Thema „Überwachen"
weltweit topaktuell. Mit dem Contact-Tracing[9] wurde in der
Schweiz ein Überwachungssystem eingeführt, das auf clevere
Art der Bevölkerung als verantwortungsvolle Schutzmaßnahme
verkauft wurde. Ich habe am eigenen Leib erfahren, wie ich in
einem freien Land plötzlich gedrängt wurde, mich aus Solidari-
tät überwachen zu lassen. Beängstigend war für mich insbesondere, wie ein Großteil der Bevölkerung blindlings mitmachte.

***

---

9 Das Contact-Tracing ermittelte die engen Kontakte einer mit dem
Coronavirus infizierten Person. Die SwissCovid-App unterstützte
dies: Sie stellte fest, ob ein solcher Kontakt bestand, und informierte
schnell über ein Ansteckungsrisiko. Die App wurde am 1. September
2023 eingestellt.

8

Bitte lächeln - Sie werden überwacht![10]

Der Corona-Lockdown im Frühling 2020 dauerte in der Schweiz nun schon mehrere Wochen. Die geltenden Maßnahmen wie Hygieneregeln, Abstand halten und Maskentragpflicht wurden zum Teil rigoros kontrolliert. All diese Maßnahmen und Kontrollen machten einem jeden das Leben schwer. Nichtsdestotrotz steht Frau Glauser mit ihrem Einkaufswägelchen am Eingang des Supermarktes auf Einlass wartend; Hände und Haltegriffe des Wagensj vorschriftsgemäß desinfiziert. Sie trägt eine Einweg-Gesichtsmaske. Auf die Maske hat sie spaßeshalber und gut lesbar mit einem dicken roten Filzstift „Bitte lächeln – Sie werden überwacht!" geschrieben. Damit löst sie bei verschiedenen Personen Schmunzeln und Lacher aus. Und das tut ja allen gut in dieser virenbelasteten, unerfreulichen Zeit.

Die „Corona-Ampel" am Eingang zum Supermarkt wechselt von „Stopp" auf „Go" und sie kann mit ihrem Einkauf starten. Wegen Homeoffice und Homeschooling ist die ganze Familie zu Hause und die Jungmannschaft futtert jeden Tag, was das Zeug hält. Da reicht eben ein Einkauf pro Woche nicht mehr. Sie ist allerdings froh um diese Zusatz-Einkaufstour während der Woche. Sie genießt diese Zeit, für sich zu sein, ohne Familie, Fragen und Wünsche aller Art. Entspannung pur, trotz Corona.

---

10 Meine Frau hat tatsächlich 2020 eine Maske mit dem handgeschriebenen Satz „Bitte lächeln, Sie werden überwacht!" beim Einkaufen in einem Supermarkt getragen. Das gab den Anstoß zu dieser Geschichte.

Zudem trifft sie immer die eine oder andere Bekannte aus der Nachbarschaft, dem Turnverein oder dem Gesangschor. Im Supermarkt kann man sich wenigstens, wenn auch auf Distanz und mit Gesichtsmaske, ungestört ein paar Minuten unterhalten und die neusten Gerüchte und News austauschen. Heute Nachmittag trifft sie das erste Mal seit dem Corona-Lockdown Frau Sarasin. Auch in Normalzeiten weiß Frau Sarasin immer äußerst viel zu berichten und so ist es auch jetzt. Ihr Wortschwall dauert beinahe 20 Minuten. Nach dieser Berieselung muss sie sich verabschieden, damit sie das Nachtessen für die Familie noch rechtzeitig auf den Tisch bringen kann.

Kaum zu Hause angekommen, klingelt ihr iPhone, die Nummer ist ihr unbekannt. Sie nimmt das Gespräch entgegen und sagt: „Glauser, guten Abend." Am Apparat meldet sich ein Herr Bünz von der Stadtpolizei. Ob sie falsch parkiert habe oder zu schnell gefahren sei, fragt Frau Glauser etwas unsicher und überrascht. „Nein", sagt Herr Bünz, aber man habe dank der Contact-Tracing-Applikation soeben festgestellt, dass sie heute Nachmittag im Supermarkt ca. 20 Minuten am gleichen Ort gestanden sei. Dies sei ein klarer Verstoß gegen die geltenden Vorschriften. Damit möglichst viele Kundinnen und Kunden ihre Einkäufe zügig erledigen könnten, dürfe sie nicht einfach so lange an einer Stelle stehen bleiben. Herr Bünz bittet sie, sich an die Bewegungsregeln des Contact-Tracing zu halten. Im Wiederholungsfall müsse sonst eine Buße gegen sie ausgesprochen werden. Am Schluss seines Redeschwalls fragt er: „Haben Sie das alles verstanden, Frau Glauser?" – „Ja", antwortet sie. Mehr kann sie im Moment nicht sagen, sie ist zu überrascht von all dem, was sie soeben gehört hat. Herr Bünz dankt nochmals fürs Verständnis und die Kenntnisnahme, wünscht ihr noch einen schönen Abend und hängt abrupt auf.

„Pah …!", entfährt es ihr. Frau Glauser muss sich auf den nächsten Stuhl setzen. Mit großen Augen und offenem Mund muss sie sich von diesem Schreck zuerst erholen. „Sie werden überwacht!", hat dieser Herr Bünz von der Polizei ihr soeben zu verstehen gegeben. Was sie sich als Spaß auf die Maske geschrieben hatte, war schlagartig bitterer Ernst geworden. Das „Bitte lächeln" ist ihr nun allerdings definitiv vergangen.

***

Zeit verlieren,
um Zeit zu gewinnen.

Ein wichtiger Leitsatz eines Personalchefs der Schweizerischen Post. Er wollte damit unterstreichen, dass man sich für die Entscheidungsfindung die nötige Zeit nehmen soll. Mit einem gut überlegten Entscheid könne man sich viel Ärger und Probleme ersparen. Recht hatte er!

***

9

Das zweite Leben eines TV-Flachbildschirms

Schon gut acht Jahre hatte er auf dem Buckel bzw. auf dem Schirm, unser TV-Flachbildschirm. Acht Jahre, das sei schon recht viel, meinte der Fachmann, als ich ihm sagte, dass unser Flachbildschirm nicht mehr funktioniere, kein Bild mehr anzeige. Nach der Tagesschau schalteten wir das Gerät auf „Stand-by". Als wir nach kurzer Zeit von „Stand-by" wieder auf „Betrieb" schalten wollten, ging nichts mehr. Der Flachbildschirm blieb schwarz, dunkel. Ich habe daraufhin alle Anschlüsse überprüft, insbesondere die Stromzufuhr. Doch – nichts. Alles schien in Ordnung zu sein. Dennoch kein Lebenszeichen, kein Bild. Jetzt blieb mir nur noch der Rat des Fachmanns. Ich erläuterte ihm am Telefon die Situation und meine Feststellungen. Er stellte mir ein paar technische Fragen zu Alter, Anschlüssen und Stromversorgung, die ich ihm alle beantworten konnte. Er meinte schließlich: „Ja, wenn das so ist, dann ist es sehr wahrscheinlich, dass das Gerät definitiv defekt ist und ausgetauscht werden muss." Der Geschäftsmann machte mich bei dieser Gelegenheit gleichzeitig auf eine in seinem Laden laufende Aktion für Flachbildschirme aufmerksam. Ich sagte ihm, dass wir uns dies überlegen würden. Wir hatten ja noch einen zweiten TV-Flachbildschirm, fein säuberlich verpackt, als Reserve im Keller.

Ich befreite also unseren achtjährigen, funktionsuntüchtigen Flachbildschirm von all seinen Kabeln und holte den Reserve-Fernseher aus dem Keller. Dieser funktionierte bestens. Wir brauchten also vorerst keine Neuanschaffung. Den „alten" Flachbildschirm verstaute ich in unserem Auto mit der Absicht, ihn am nächsten Tag in die Entsorgung zu bringen.

Anderntags fuhr ich also in Richtung der Entsorgungsstelle. Auf dem Weg dorthin wollte ich jedoch noch beim Fachhändler vorbeischauen. Dort angekommen, stieg ich aus dem Auto, betrat das Geschäft und fragte den Fachmann, ob er sicherheitshalber unseren „alten" Flachbildschirm testen könne. Schließlich wollte ich absolut sicher sein, dass er wirklich nicht mehr funktionierte, bevor ich ihn entsorgte. Der Fachmann zeigte Verständnis für mein Anliegen. Ich holte also unseren Fernseher aus dem Auto und zeigte ihn dem Experten. Er schloss den Bildschirm am Stromnetz an und siehe da – er funktionierte! „Was haben Sie denn jetzt gemacht?", fragte ich völlig erstaunt über die Wiedergeburt unseres TV-Flachbildschirms. „Nichts, aber manchmal hilft es in einem solchen Fall, das Gerät für einige Stunden von der Stromzufuhr zu trennen und dann wieder einzustecken." Genau das traf auf unseren Flachbildschirm zu. Er war für mehrere Stunden von der Stromzufuhr getrennt gewesen. Ich nahm dies gerne so zur Kenntnis, bedankte mich und verließ das Fachgeschäft freudig mit unserem wiedergeborenen TV-Gerät. Den Gesichtszügen des Geschäftsführers war eine gewisse Enttäuschung anzusehen. Verständlich, schließlich konnte er mir aufgrund dieses technischen „Wunders" keinen neuen Flachbildschirm verkaufen.

Zu Hause angekommen, installierte ich den wieder auferstandenen Flachbildschirm. Er funktionierte tatsächlich wieder perfekt. Hoffentlich wird das noch ein paar weitere Jahre so bleiben, trotz seines aus technischer Sicht hohen Alters. Den Reserve-Fernseher verstaute ich deshalb fein säuberlich verpackt in seinem Karton im Keller. Man weiß ja nie.

Meine Frau und ich freuten uns über das zweite Leben unsers TV-Flachbildschirms. Anstatt in der Entsorgungsstelle landete er unerwartet wieder bei uns zu Hause im Wohnzimmer. Wir waren nach diesem erfreulichen Erlebnis um eine wertvolle Erfahrung reicher. Die Gewährung von Zeit kann auch technische Wunder bewirken. Wir haben uns allerdings gefragt, wie viele anscheinend defekte TV-Flachbildschirme zu rasch in der Entsorgung landeten, nur weil man ihnen die für eine Wiedergeburt notwendige Zeit nicht gewährte[11].

---

11 Im November 2022 mussten wir allerdings diesen TV-Flachbild-schirm definitiv entsorgen. Wir kauften am Black Friday einen neu-en TV-Apparat. Man sagte uns, dass auch dieses neue Modell nach sieben bis acht Jahren wiederum entsorgt werden müsse. Na ja, ... Qualität ist auch nicht mehr, was sie einmal war.

***

„Es gehe àn die Tafel und lasse sein Licht leuchten.“

Dies war der Standardspruch eines Französisch- und Deutsch-lehrers in Basel. Mit diesem Spruch forderte er jeweils eine Person unserer Klasse auf, an der Wandtafel ihr Können unter Be-obachtung aller Kameraden unter Beweis zu stellen. Mein Licht leuchtete damals eher bescheiden.

***

10

Tram mit Drang am Hang

Ich bin ein Tram der Basler Verkehrs-Betriebe, bereits ein etwas älteres Modell, aber immer noch präsentabel und fahrtüchtig. Ich verlasse soeben, langsam rollend und gut gefüllt mit Passagieren des morgendlichen Berufsverkehrs, die Haltestelle Heuwaage und folge den im fahlen Morgenlicht glänzenden Tramschienen, die durch die sehr steil ansteigende Margarethenstraße zum Bahnhof SBB hinaufführen. Heute schien mir dieser steile Aufstieg ganz besonders mühsam, obwohl die Wetterverhältnisse gut waren. Kein Regen, kein Wind, trockene Schienen. Die Temperatur war ebenfalls angenehm, der Himmel leicht bewölkt. Eigentlich perfekte Verhältnisse für ein Stadttram. Und dennoch hatte ich enorme Mühe, diesen Hang hinaufzufahren. Ich hatte das Gefühl, nur äußerst langsam vorwärtszukommen. Weshalb nur? Ich wusste es vorerst nicht. Ich gab mir die größte Mühe, kämpfte mich richtiggehend Meter für Meter nach oben, mein kräftiger Elektromotor keuchte und vibrierte vor Anstrengung. Bereits in der Mitte des steilen Aufstiegs war ich schon sehr erschöpft und hatte keine Ahnung, wie ich es bis ganz nach oben schaffen sollte. Zudem machte sich je länger es dauerte, umso mehr sehr starkes Bauchweh bemerkbar. Ja, richtig, sehr starkes Bauchweh. Ein Tram mit Bauchweh, es wird ja immer besser. Und dieses Bauchweh führte dazu, dass ich immer langsamer diesen steilen Hang hinauffuhr. Nach ein paar weiteren, mühsam erklommenen Höhenmetern hatte ich das Gefühl, dass mir demnächst der Bauch platzen würde, so stark waren nun meine Schmerzen. Und ich war immer noch nicht ganz oben. Die Anstrengung war enorm und ich hatte den Eindruck, dass meine Räder nur noch an Ort und Stelle drehten und ich nicht mehr vorwärtskam. Die Bauchschmerzen waren nun nicht mehr zum Aushalten ...

Und dann wachte ich, von weit herkommend, aus meinem Traum auf. Aufgrund meiner starken Bauchschmerzen realisierte ich trotz Müdigkeit ziemlich rasch, dass ich unverzüglich zum Pinkeln auf die Toilette musste. Meine Blase war übervoll und die Schmerzen trieben mich halb verschlafen aus dem Bett. Ich habe es gerade noch bis zur Toilette geschafft, wo ich den enormen Blasendruck endlich abbauen konnte. Was für eine Wohltat!

Was für ein Traum! Und Gott sei Dank bin ich gerade noch rechtzeitig aus meinem Tram-Traum aufgewacht. Ich habe übrigens nie mehr geträumt, ein Tram mit Drang am Hang zu sein.[12]

---

12 Diesen Traum habe ich im Kindesalter beim Übernachten bei meiner Großmutter in Basel geträumt. Ich musste sie damals sogar aus ihrem Schlaf wecken, da ich vor lauter Not und Druck zu pinkeln nicht mehr fähig war, die Tür in den Korridor zu entriegeln. Der lange Korridor führte dann endlich zur ersehnten Toilette.

***

Kleines Nachtgebet, das mir im Kindesalter von meiner Großmutter beigebracht worden war:

> „Engelein komm', mach' mich fromm,
> damit ich zu dir in den Himmel komm'.
> Amen."

***

11

Engel am Berg

Es war einer dieser herrlichen Sommertage, wie wir sie alle lieben. In der Nacht war ein starkes Gewitter mit Blitz und Donner, Wind und Regen über die Region gezogen und hatte eine für den Tagesanfang wohltuende Abkühlung verbreitet. Jetzt, am frühen Morgen, erkannte auch der größte Banause für Wetterprognosen, dass sich am Himmel ein superschöner Sommertag ankündigte. Die gute alte Sonne, immer noch voller Energie, strahlte bereits früh mit ungebrochener Kraft vom stahlblauen Himmel und verdrängte langsam, aber sicher die morgendliche Frische. Die durch die starken Regenfälle gereinigte Natur zeigte sich in ihrer ganzen Farbenpracht. Die Wiesen dieser wunderbaren Region des Berner Oberlandes schimmerten in unterschiedlichen Grüntönen im Morgenlicht. Die Bäume und Tannen strotzten vor Zufriedenheit; die üppigen Regenfälle der vergangenen Nacht hatten sich äußerst positiv auf ihr Befinden ausgewirkt. Auch die Felswände der weit über 2 000 Meter hohen Berge glänzten im Sonnenlicht. Hoch oben waren noch vereinzelt mehr oder weniger große Schneeflecken zu sehen – vor tiefblauem Hintergrund.

Fantastisch, herrlich, großartig, überwältigend – was wir hier vor Augen hatten, konnte sich nur mit Superlativen beschreiben lassen.

Bei solchem Postkartenwetter parkierten wir unser Auto in der Nähe der Talstation der Niesenbahn, zogen unsere Wanderschuhe an, setzten unsere Rucksäcke auf und gingen stracks zum Kiosk bei der Talstation, um dort noch etwas Mineralwasser zu kaufen. Wir machten diesen Aufstieg zum ersten Mal und wollten bei den sich abzeichnenden hohen Temperaturen sicher sein, genügend zu trinken dabeizuhaben. Dann ging es los, bergauf, bergauf!

Der Wanderweg führte steil nach oben. Guten Mutes gingen wir in regelmäßigem Tempo voran. Anfangs redeten wir noch zu zweit, zu dritt miteinander. Doch je länger der Aufstieg, desto ruhiger wurde es. Nach einiger Zeit legten wir eine Pause ein, genossen die wunderbare Aussicht und vertilgten einen ebenso wunderbaren Apfel. Noch etwas trinken gegen den Durst und weiter ging es. Gemäß unserem Informationsstand sollten wir bald bei der Mittelstation der Niesenbahn ankommen. Frisch gestärkt stiegen wir mit festen Wanderschritten nach oben. Der Weg war schmal und schlängelte sich unter der prallen Sonne über Bergwiesen und durch kleine schattenspendende Wäldchen stets bergauf. Nächste Pause, trinken, ausruhen. Wie lange geht es wohl noch? Wann sind wir bei der Zwischenstation? Stimmen unsere Zeitangaben? Wir schauten hangaufwärts – keine Zwischenstation in Sicht. Wo war sie nur beziehungsweise, wo waren wir? Die zeitlichen Abstände von Pause zu Pause wurden nun immer kürzer. Schließlich tranken wir auch noch unseren Tomatensaft, da wir kein Trinkwasser mehr hatten. Wir hätten mehr Wasser mitnehmen sollen, da hatten wir uns eindeutig verschätzt. Der Wille, unser Ziel bald zu erreichen, trieb uns weiter nach oben; doch der Durst machte sich immer mehr bemerkbar. Ist es nicht vernünftiger, in einer solchen Situation umzukehren? Am Horizont zogen nämlich Gewitterwolken auf.

Wir gingen mehr oder weniger motiviert, mehr oder weniger hoffnungsvoll unseren Weg weiter. Die grandiosen Landschaften und die Aussicht unterstützten uns bei unserer Anstrengung. Dennoch kamen wir an einen Punkt, an dem wir nahe daran waren, umzukehren. Wir machten zusammen eine kurze Lagebeurteilung. In diesem Augenblick kam uns ein junger Bursche entgegen. Mit einem Lächeln sagte er uns, dass er den

Niesen bereits erklommen habe und nun wieder auf dem Rück-
weg ins Tal sei. Wir fragten ihn, wie lange es noch gehen würde bis zur Mittelstation. Antwort: „Noch ungefähr anderthalb
Stunden!" Was! Anderthalb Stunden! Das gibt es doch nicht, so
lange noch? Da waren wir in Sachen Marschdauer völlig falsch
informiert oder hatten irgendetwas übersehen. Der junge Mann
fragte uns, ob wir gerne Wasser hätten. Woher wusste er, was
uns in dieser Situation am meisten fehlte? Wasser! Dankend
und dankbar nahmen wir sein Angebot an und waren um 1,5
Liter Trinkwasser reicher! Er benötige das Wasser nicht mehr,
es gehe ja jetzt für ihn sowieso nur noch bergab. Was für ein Geschenk im richtigen Moment! Wir bedankten uns herzlich bei
ihm. Er verabschiedete sich mit: „Gern geschehen" und einem
Lächeln und marschierte praktisch im Laufschritt den Berg hinunter. Für meine Frau und mich war dieser junge Mann mit
dem Trinkwasser ein Geschenk des Himmels zur rechten Zeit!
Einmal mehr!

Als ich mich kurze Zeit später umdrehte, um nach ihm zu schau-
en, konnte ich ihn nicht mehr sehen. War er hinter einer Weg-
biegung oder in einem Wäldchen verschwunden? Oder war er
sonst wie verschwunden? Ich weiß es nicht. Wir haben an diesem und den kommenden Tagen noch ein paar Mal von dieser
Begegnung gesprochen. Wie dem auch sei: Für uns war dieser
junge Mann mit dem Trinkwasser ein Engel! Unsere Töchter
waren jedoch der Meinung, dass es ein reiner Zufall war, dass
dieser Bursche gerade zur richtigen Zeit am richtigen Ort war.
Und die 1,5 Liter Trinkwasser? Zufall?

Wir sind schließlich nach anderthalb Stunden gut und wohlbe-
halten an der Zwischenstation der Niesenbahn angekommen.
Müde und erschöpft, aber glücklich, dass dank des unterwegs
auf wunderbare Weise erhaltenen Trinkwassers doch noch alles
gut gegangen war. Für den zweiten Teil des Aufstiegs benutz-
ten wir dann sehr gerne die Niesenbahn, die uns sicher auf den
Gipfel brachte. Dort konnten wir bei toller Rundumsicht auf

die fantastische Bergwelt unser Picknick einnehmen. Auch dies „just in time", bevor sich ein heftiges Gewitter über dem Niesen entlud. Wir konnten uns gerade noch rechtzeitig ins Bergrestaurant verschieben, wo wir das Dessert genossen und in tiefer Dankbarkeit an unseren Engel am Berg dachten.

***

In einer Festrunde mit Freunden habe ich zu vorgerückter Stunde ein Glas Wein an mein rechtes Ohr gehalten und lautstark verkündet:

„Der Alkohol hat mir noch nie etwas gesagt."

***

12

Fünfliber gegen Bisamratte

In meiner Kindheit waren die Bisamratten in gewissen Regionen eine echte Plage. Bisamratten sind eigentlich keine Ratten, sondern sehr große Wühlmäuse. Ausgewachsene Exemplare können inklusive Schwanz bis zu 70 cm lang werden, also echt große Viecher. Sie sind ausgezeichnete Schwimmer und können sich bis zu 10 Minuten unter Wasser aufhalten, ohne einmal Luft zu holen. Aufgrund der wenigen natürlichen Feinde vermehrten sich damals diese großen Nager sehr rasch und wurden so zu einer Gefahr für allerlei Kleintiere, insbesondere auch für Enten, die sich friedlich mit ihren Jungen im Bach vergnügten, der vor unserem Garten vorbeifloss. Aufgrund der zusehends wachsenden Population der Bisamratten hatte die Gemeinde Riehen schließlich beschlossen, für jede tote Ratte, die auf dem Polizeiposten abgegeben wurde, eine Belohnung von einem Fünfliber, also 5 Franken auszusetzen. Damals war das natürlich für uns Buben eine äußerst erfreuliche Nachricht. Wir überlegten uns, wie wir die Bisamratten in „unserem" Bach am besten ins Jenseits befördern und dafür auf dem Polizeiposten 5 Franken einsacken konnten. Wir hatten uns einen veritablen Schlachtplan zurechtgelegt, den wir alsbald in die Praxis umsetzen und testen wollten.

Als Jagdhilfsmittel standen uns folgende Utensilien zur Verfügung:
- Ein solides Gummiboot zur Fortbewegung und Verfolgung der Bisamratten im Bach.
- Luftgewehr meines Onkels Heini, wobei die kleinen Bleikügelchen einer ausgewachsenen Bisamratte nicht sehr viel anhaben konnten.

- Jauchebehälter aus Metall, befestigt an einer langen Holz-
  stange. Damit wollten wir die durch die Stockschläge benom-
  menen Bisamratten vom Wasser auf die kleine Straße tragen.
- Verschiedene, stabile Holzstangen. Damit wollten wir die
  großen Nager definitiv ins Jenseits befördern.

Es war sehr schwierig, diese scheuen großen Nager in der Natur zu Gesicht zu bekommen. Bisamratten sind schlau und
können sich in einem Bach beziehungsweise an seinem Ufer
bestens verstecken. Die Jagd auf Bisamratten brauchte deshalb Zeit, große Aufmerksamkeit, gute Beobachtung und viel
Geduld. Zuerst galt es, eine Bisamratte aufzuspüren und sich
anschließend ungesehen anzuschleichen oder mit dem Gummiboot möglichst nahe an sie heranzukommen. Dann: „Peng“,
gezielter Schuss in Richtung Ratte aus dem Luftgewehr. Die
getroffene oder aufgeschreckte Ratte tauchte sofort ab und
wühlte im Bachbett viel Dreck auf. Dies erschwerte es uns zu
erahnen, wo sie sich befindet. Nichtsdestotrotz schlugen wir
mit Gebrüll und bewaffnet mit unseren Holzstöcken und dem
Jauchebehälter auf das Wasser ein und hofften, dass einige unserer Schläge auch die Bisamratte trafen. Wir mussten äußerst
schnell agieren, denn diese Nager sind im Wasser praktisch
unschlagbar. Wenn dann in Einzelfällen die Ratte benommen
durch unsere zahlreichen Stockschläge an der Wasseroberfläche trudelte, kam unser Jauchebehälter zum Einsatz. Damit
beförderten wir den Nager aufs Festland. Das arme Viech hatte dann keine Chance mehr und wir konnten nach der Abgabe
der toten Bisamratte die zugesicherte Belohnung von 5 Franken auf dem Polizeiposten entgegennehmen. Wir hatten dann
stets das Gefühl, etwas Gutes getan zu haben, zumindest für
die Enten und ihre Jungen im Bach.

Solche Erfolge waren jedoch, wie gesagt, eher selten, da die Bisamratten im Wasser für uns viel zu schnell und zu beweglich
waren. Oft haben wir mit unseren Stöcken auch bewusst da-
nebengehauen, da wir trotz allem Mitleid hatten mit diesen

großen Nagern und sie nicht verletzen wollten. Wir begnügten uns in solchen Fällen oft auch mit dem Schrecken, den wir diesen Tieren durch unsere Aktionen einflößen konnten.

***

Der kürzeste Weg zwischen zwei Menschen
ist ein Lächeln.[13]

Bei dieser Weisheit erübrigt sich eine Erklärung.

***

---

13 Zitat von Helge Adolphsen

Der letzte Covidianer[14]

Als ich das Bewusstsein langsam wieder erlangte, spürte ich, dass ich sowohl meine Hand- und Fußgelenke als auch meinen Oberkörper nicht mehr frei bewegen konnte. Noch halb benommen realisierte ich, dass ich festgebunden auf einer Art Bahre lag. Zudem war mir heiß. Ich spürte, dass eine starke, wärmeausstrahlende Lichtquelle direkt auf mein Gesicht gerichtet sein musste. Außerdem hörte ich Stimmengewirr. Ich hatte das Gefühl, dass mehrere Menschen um mich herum standen. Nun haben sie mich also doch noch erwischt, … „Scheiße"[15], dachte ich. Dabei war es mir in den vergangenen Tagen und Wochen immer wieder gelungen, mich meinen Verfolgern zu entziehen. Immer wieder konnte ich sie irgendwie abschütteln, täuschen oder in die Irre führen. Doch auf meiner Flucht war ich seit einigen Tagen allein. Alle anderen, ebenfalls nicht impfwilligen Personen wurden gefasst und zwangsgeimpft. Was für eine schreckliche Vorstellung: Zwangsimpfung! Ich hatte mich entschieden, mich bis zum bitteren Ende zu wehren und mich einer Zwangsimpfung zu entziehen. Doch dies wurde, je länger es dauerte, schwieriger. Nicht zuletzt auch wegen meiner bescheidenen Ruhepausen. Ich hatte keine oder nur sehr wenige Erholungspausen. Ich musste stets äußerst aufmerksam und in Alarmbereitschaft bleiben. Meine Verfolger hingegen konnten

---

14 Meine Frau und ich wollten uns auf keinen Fall gegen COVID-19 impfen lassen und waren bereit, die damit verbundenen Auswirkungen zu tragen. Dies hat mich zu dieser Geschichte inspiriert.

15 Sorry, aber genau das dachte ich.

sich ausruhen, sich gegenseitig ablösen, ausreichend essen und trinken. All dies war mir größtenteils verwehrt. Ich war allein, niemand wollte mir helfen. Alle hatten irgendwie Angst, wollten nichts riskieren, nicht als Kollaborateure bezeichnet und deswegen verhaftet werden.

Die sozialen Medien, Radio und Fernsehen haben eine regelrechte Hetzjagd auf mich ausgelöst. „Helfen Sie unseren Behörden, den letzten Impfverweigerer unseres schönen Landes zu finden." Die Medien gaben mir den Spitznamen „Der letzte Covidianer". Unser Land wollte die „Null-nicht-Covid-geimpft-Strategie" mit allen Mitteln durchsetzen. Die große Mehrheit der Bevölkerung war von dieser Strategie restlos begeistert. Alle waren der Auffassung, dass nur dieser konsequente Weg zur endgültigen Ausrottung der gefährlichen, sehr ansteckenden Covid-Mutante führen konnte. In den vergangenen Monaten und Wochen wurden sämtliche anderen Impfgegner in unserem Land aufgespürt und unter Gewaltanwendung gegen ihren Willen geimpft. Schrecklich! Wie konnte es in unserem freiheitsliebenden Staat nur so weit kommen?

Aufgrund dieser dramatischen Situation blieb mir nichts anderes übrig, als unterzutauchen, zu fliehen, mich zu verstecken. Mehrere Tage lang konnte ich mich meinen Verfolgern entziehen und sie immer wieder täuschen. Mit der Zeit gewann jedoch die Müdigkeit die Oberhand. Meine Kräfte ließen nach, ebenso meine Aufmerksamkeit. Ich fühlte mich mehr und mehr ausgelaugt und ausgeliefert.

Und so kam, was kommen musste. Sie haben mich erwischt, als ich mich in einem Wald auf den Boden setzte, mit dem Rücken an einen Baumstamm gelehnt, um etwas zu schlafen. Kaum eingeschlafen wurde ich jedoch durch Hundegebell geweckt. Ich hatte keine Chance mehr wegzurennen. Ich hatte schlicht und einfach keine Energie mehr. Man packte mich und führte mich wie einen Verbrecher ab.

Und nun lag ich also gefesselt auf dieser Bahre. Man hat mich wahrscheinlich sicherheitshalber betäubt, damit ich garantiert nicht mehr davonlaufen konnte. Langsam öffnete ich die Augen, blinzelte in das grelle Licht der Spotlampe, sah schadenfroh lächelnde Gesichter über mir: „Haben wir dich endlich erwischt – den letzten Covidianer! Wir werden dir nun medienwirksam die Impfung verpassen. Das Ganze läuft dann in der nächsten Tagesschau über den Bildschirm, haha!" Nochmals zerrte ich mit letzter Kraft an meinen Fesseln, es half nichts. Meine Kräfte waren in den letzten Tagen aufgrund des fehlenden Schlafs und der mangelnden Ernährung geschwunden. Die Spritze wurde an meinem linken Oberarm angesetzt, ein Piks und die 0,5 Milligramm Impfstoff stießen in meinen ausgelaugten Körper vor. Die ganze Aktion wurde von einem kleinen Fernsehteam in Bild und Ton festgehalten.

Nach dieser gewaltsamen Zwangsimpfung wurden meine Fesseln gelöst und ich torkelte immer noch etwas benommen und unter Gelächter der Anwesenden aus dem Impfzimmer. Zu Hause angekommen, leerte ich zuerst den Kühlschrank, genoss anschließend eine lange Dusche und ruhte mich aus. Abends verfolgte ich die Tagesschau, wo nebst Nachrichten aus aller Welt auch meine Zwangsimpfung über den Bildschirm flimmerte. Gleich anschließend verkündete die Tagesschau-Sprecherin, dass eine vor einigen Tagen entdeckte neue, sehr ansteckende und äußerst gefährliche Mutation des Coronavirus heute auch in unserem Land zum ersten Mal nachgewiesen werden konnte. Jetzt konnte ich mir ein Lachen nicht verkneifen. „Für die Bekämpfung dieser neuen Variante braucht es wiederum eine neue Impfkampagne mit einem neuen Impfstoff", verkündete der Chef-Epidemiologe des Bundesamtes für Gesundheit (BAG). Es geht also wieder von vorne los mit dem Impfen eines neuen Spritzmittels. Nach vielen Pandemie-Jahren mit mehr oder weniger gefährlichen Viren stehen wir nun in unserem Land vor der 19. Welle! Und ich bin bald wieder ein Covidianer, zusammen mit anderen Zigtausenden.

***

Bei einem Spaziergang in Thun, Stadt im Berner Oberland, fragte mein Onkel Tony spontan eine ältere Dame, die uns auf dem Gehsteig entgegenkam: „Wissen Sie, was schöner ist als Thun?" Die Dame sah ihn etwas überrascht und verunsichert an und antwortete in breitem Berndeutsch: „Nei."[16] Mein Onkel gab ihr dann zur Antwort: „Nichts tun." Das Gelächter war ihm sicher.

Seither denke ich immer wieder an diese Szene, wenn ich in Thun bin oder an dieser Stadt, dem Tor zum Berner Oberland, vorbeifahre.

***

---

16 Nein

14

Die Mutter der Aushilfe und die fasnächtlichen Folgen

Wer kennt sie nicht, die Aushilfs-Lehrkräfte. Wie der Name es schon sagt, unterrichten sie aushilfsweise in Schulklassen, weil eine Lehrerin oder ein Lehrer aus irgendeinem Grund verhindert ist: Ferien, Weiterbildung, Krankheit, Unfall usw.; es gibt die verschiedensten Gründe. Die Schulleitung schickt in solchen Fällen eben eine Aushilfe in die verwaiste Klasse. Sie soll sicherstellen, dass trotz der Abwesenheit der Lehrerin oder des Lehrers der geplante Lernstoff vermittelt werden kann. Je nach Fähigkeit und Wissen der Aushilfe klappt dies in der Regel auch.

Nichtsdestotrotz haben es die Aushilfs-Lehrkräfte häufig nicht leicht. Sie kennen die Schülerinnen und Schüler der betreffenden Schulklasse in der Regel nicht und begeben sich meistens etwas ahnungslos in die Höhle des Löwen bzw. der Löwinnen und Löwen, nicht wissend, was da auf sie zukommen wird.

Wenn ich an solche Episoden zurückdenke, kommt mir stets die Aushilfe in den Sinn, welche in der Oberstufe unseren Geschichtslehrer für einige Lektionen ablösen musste. Es handelte sich um eine Frau in fortgeschrittenem Alter, also zwischen 50 und 60, sehr gepflegtes Auftreten, aber zugleich auch altmodisch gekleidet. Gleich zu Beginn der ersten Unterrichtsstunde ließ sie uns wissen, dass sie ledig sei und bei ihrer Mutter wohne. So weit, so gut; ihr Privatleben ging uns ja nichts an.

Ab der zweiten Unterrichtsstunde stellten wir jedoch mit großem Erstaunen fest, dass diese Aushilfs-Lehrerin nicht nur zu Hause bei ihrer Mutter lebte, sondern diese gleich auch noch als Aufpasserin in den Unterricht mitnahm. Diese Maßnahme hatte unsere Aushilfe ergriffen, da sie bereits am Ende der ersten Unterrichtsstunde festgestellt hatte, dass wir Schülerinnen und Schüler der Klasse 3d nicht pflegeleicht waren und in Sachen Aufmerksamkeit und Konzentration während des Unterrichts viel von unseren Lehrpersonen abverlangten. Disziplin wurde bei uns eben nicht gerade großgeschrieben. Dies hatte unsere Aushilfe rasch realisiert und somit standen wir ab der zweiten Unterrichtsstunde unter ständiger Aufsicht der Aushilfs-Mutter, was uns alle überaus nervte. Während des Unterrichts lief sie ständig im ganzen Klassenzimmer zwischen den Tischen umher und schaute mit grimmiger Miene und Argusaugen, dass Zucht und Ordnung von uns Schülerinnen und Schülern strikt eingehalten wurden.

Selbstverständlich beschwerten wir uns mehrmals am Ende der Unterrichtsstunde bei der Aushilfe. Wir sagten ihr, dass wir mit einer solchen Kontrolle durch ihre Mutter in keiner Weise einverstanden seien. Sie war jedoch total taub für unser Anliegen, keine Chance. Also mussten wir gezwungenermaßen zu anderen Mitteln greifen.

Zu dieser Zeit stand in Basel die „Frau Fasnacht" vor der Tür und so kamen uns recht bald die farbigen Konfetti in den Sinn, die bei unserem Vorhaben eine wichtige Rolle, wenn nicht gar die Hauptrolle spielen sollten. Zudem benötigten wir noch einen stabilen Papiertragsack, Schnüre, starkes Klebeband und eine Schere.

Und dies war unser Plan: Wir füllen den Papiersack randvoll mit Konfetti in allen Farben und befestigen ihn derart oberhalb der Eingangstüre des Klassenzimmers, dass er beim Öffnen der Türe aufgeht und sich über der eintretenden Person entleert. Selbstverständlich haben wir das Ganze mehrmals mit wenig Konfetti-Inhalt getestet. Die Hauptprobe gelang perfekt. Wir waren alle sehr zufrieden mit unserer genialen Idee.

Und dann folgte der „High Afternoon", d. h. die nachmittägliche Unterrichtsstunde in Geschichte mit unserer Aushilfe und ihrer Mutter. Wir hatten alles wie gehabt und getestet eingerichtet. Ein letzter kritischer Blick – es sollte klappen. Wir setzten uns alle schön brav auf unsere Stühle im Klassenzimmer und warteten gespannt auf das Eintreten unserer Vertretungslehrerin. All unsere Blicke waren auf die Tür und den Papiersack mit den Konfetti gerichtet. Jetzt hörten wir draußen im Korridor die uns bekannten Schritte und Stimmen. Die Aushilfe trat wie gewohnt energisch ins Klassenzimmer. Und schwupp – der Papiertragsack ging umgehend auf und entleerte innerhalb weniger Sekunden Hunderte farbige Konfetti auf unsere mit offenem Mund, großen Augen und leichtem Schock dastehende Vertretungslehrerin. Ihre Mutter stand wie üblich hinter ihr und konnte das spektakuläre Konfetti-Happening, das sich über ihrer Tochter ergoss, aus nächster Nähe verfolgen. Sie hatte quasi einen Logenplatz. Die Aushilfe war so geschockt und entrüstet, dass sie kein Wort aus ihrem immer noch offenen Mund hervorbrachte. Hingegen brach sie in Tränen aus und verließ schnurstracks das Klassenzimmer, die frisch und luftig gestylten Haare voller farbiger Konfetti. Ihre ebenso aufgebrachte wie erzürnte Mutter folgte ihr im Windschatten.

Wir alle kreischten vor Lachen, grölten, klopften auf die Tische, stampften auf den Boden. Das Ganze hatte super geklappt. Dieser Rachefeldzug war uns voll und ganz geglückt. Wir genossen diesen Moment.

Verständlicherweise konnten nicht alle diesen Moment genießen. Es dauerte nicht lange, da tauchte eiligen Schrittes mit hochrotem Kopf und zorniger Miene der Rektor der Schule in unserem Klassenzimmer auf. Er fuhr uns an: „Was fällt euch eigentlich ein? Ihr habt keinen Anstand, keinen Respekt. Eine Saubande seid ihr! Das wird Konsequenzen haben!" Wir ließen die noch länger andauernde Schimpftirade des Rektors über uns ergehen. Was er sagte, war uns allen völlig egal. Unser Vorhaben war geglückt, das war die Hauptsache für uns. Die Konsequenzen würden wir verkraften können, kein Problem.

Übrigens: Die Konsequenzen für uns waren, dass wir diese Aushilfe und ihre Mutter nie wieder zu Gesicht bekommen hatten. Damit konnten wir aber gut leben.

***

„Wo ein Wille ist, ist auch ein Weg!"[17]

Ist dies wirklich so? Dann versuchen Sie bitte einmal, einen Furz auf ein Brett zu nageln. Über dieses Thema habe ich mich tatsächlich einmal im Englischunterricht in der Sprache von Shakespeare mit meinen Kameraden und dem Englischlehrer ausgetauscht. Sie können sich das Gelächter vorstellen.

***

---

17 Das Sprichwort »Where there is a will, there is a way« trat im Jahre 1822 in diesem Wortlaut zuerst auf; vgl. Jennifer Speake, The Oxford Dictionary of Proverbs (5. Aufl., Oxford: Oxford University Press, 2008, S. 346).

15

Die Milchproduzentin und ihre Touristen

Nun bin ich schon die fünfte Saison auf dieser wunderschönen
Alpweide, genieße die herrliche Natur, die Aussicht auf die imposante Bergwelt. Obwohl ich mit der Zeit alle Weide- und Lie-
geplätze bestens kenne, ist es mir noch nie langweilig geworden. Einzig an regnerischen Tagen oder bei bewölktem Himmel
ist hier oben auf etwas mehr als 2 100 Metern wenig los. Dafür
habe ich an solchen Tagen Zeit, mich etwas auszuruhen und
neue Kräfte zu tanken. Das Zusammenleben mit meinen Artgenossinnen und -genossen klappt bestens. Wir kennen einander gut und verstehen uns prima. Es gibt hier oben auf der Alp
mehr als genügend Platz für uns alle. Zudem sind wir allesamt
wohlerzogen, machen niemandem Schwierigkeiten und geben
uns die größte Mühe, gute Reklame zu machen für unsere Spe-
zies und unsere Alp. Schließlich wollen auch wir mit unserem
Verhalten einen Beitrag für einen florierenden schweizerischen
Berg-Tourismus leisten. Dies ist uns meines Erachtens in den
vergangenen Wochen ganz gut gelungen.

Als ich heute Morgen aufgewacht bin, sagte mir mein sechster
Sinn, dass ein besonderer Tag angebrochen war. Ich wusste noch
nicht, weshalb. Aber auf mein inneres Gefühl ist Verlass – es liegt
ein spezieller Tag vor mir. Die ersten Sonnenstrahlen fallen auf
unsere Alp, der Tau glitzert und es weht ein leichtes Lüftchen.
Herrlich, in so einer Morgenstimmung aufzuwachen. Ich sauge
die Frische des Tages in mich hinein und stehe dann langsam
auf. Die Stille der Nacht macht dem immer lauteren Gebimmel
unserer Glocken Platz. Ich genieße das Geläut in dieser Natur
in vollen Zügen, Tag für Tag.

Bei solchem Prachtwetter wird einiges los sein. Viele Menschen werden wiederum auf unsere Alp strömen und die tolle Aussicht auf die majestätische Bergwelt bei einem Picknick genießen. Gemächlichen Schrittes gehe ich meinen Weg über die Alp, grüße meine Mitweidenden und halte nach den ersten Touristen des heutigen Tages Ausschau. Ich muss nicht lange warten. Schon bald nähern sich in der Ferne die ersten Gruppen zügigen Schrittes unserer Alp.

Wie gewohnt zücken diese Stadtmenschen ihre iPhones, ein paar wenige sogar richtige Fotoapparate. Sie schießen wie besessen zahlreiche Fotos von der fantastischen Bergkulisse und natürlich auch von mir bzw. von uns Milchproduzenten. Meine Artgenossinnen und ich kommen uns an solchen Tagen wie Filmstars vor. Viele Touristen stellen oder setzen sich neben uns, strahlen über das ganze Gesicht und lassen sich so fotografieren. „Sind wir vierbeinigen Milchproduzenten heutzutage solch eine Seltenheit?", geht es mir durch den Kopf. Ich gehe weiter, immer auf der Suche nach Bekanntschaften. Zudem bin ich von Natur aus neugierig und hoffe stets Neues zu entdecken.

Auf meiner heutigen Tour über die Alp stoße ich gegen Mittag auf eine Familie, die soeben ihr mitgebrachtes Picknick auf einer der Holzsitzbänke ausbreitet. Ich bin ganz erstaunt zu sehen, wie viele Nahrungsmittel, Getränke, Teller und Besteck in einen Rucksack passen. Innerhalb kürzester Zeit ist die ganze Holzbank mit Picknick-Gegenständen belegt. Ich sehe kein Holz mehr. „Höchst interessant. Das muss ich mir aus der Nähe ansehen." Gemächlich, aber zielstrebig gehe ich auf die Holzbank zu. Die Familie sieht mich kommen und gerät langsam, aber sicher in leichten Aufruhr. „Achtung – da kommt eine Kuh direkt auf uns zu!" Man versucht, mich mit allen möglichen Mitteln und Tricks von der Bank wegzuhalten. Da kann ich allerdings nur muhen, schließlich bin ich mit meinen 580 Kilogramm viel zu gewichtig. Man kann mich nicht einfach wegschubsen. Diese Erfahrung muss auch der bereits etwas in die Jahre gekommene Mann der Familie machen. Trotz versuchter Gegenwehr bin ich bald so nahe an der Holzbank, dass ich die verschiedenen Picknicksachen beschnuppern kann. Dies findet die Frau in der gelben Windschutzjacke gar nicht lustig und bringt alles Essbare in Windeseile in Sicherheit. Ein köstlicher Anblick für mich, ich amüsiere mich im Stillen.

In dieser bewegten Situation signalisiert mir mein Geruchssinn plötzlich: „Frischkäse vorne links!" – „Frischkäse!" Da kann mich nichts und niemand auf der Welt zurückhalten. Ich dränge mich allen Ablenkungsversuchen zum Trotz nach vorne. Schon bald berührt meine lange, raue Zunge den in einem Plastikbehälter enthaltenen Frischkäse. „Köstlich – davon will ich noch mehr haben!" Die junge Frau, welche den Plastikbecher mit dem Frischkäse in der Hand hält, versucht anfänglich zu retten, was noch zu retten ist. Doch sie gibt es schnell auf. Sie sieht ein, dass gegen mich hier oben kein Kraut gewachsen ist, und lässt den Becher zu Boden fallen. Ihre beiden Schwestern können sich ein Lachen nicht verkneifen, nehmen jedoch gebührend Abstand von mir. Ich leere den Behälter mit meiner geübten Zunge binnen weniger Sekunden. Ich liebe Milchprodukte, insbesondere wenn sie dann noch aus der eigenen Heimat stammen. „So viel Frischkäse auf einmal! Herrlich! Was für ein Tag! Ich liebe Touristen mit Frischkäse!"

Als gutmütige Milchproduzentin kenne ich aber auch meine Grenzen. Ich will nicht übertreiben und lasse deshalb diese Familie endlich in Ruhe ihr Picknick genießen. So ziehe ich gemütlichen Schrittes weiter. Die Familie scheint froh und erleichtert zu sein. Es gibt ja noch zahlreiche andere Touristen hier oben auf unserer Alp und die haben sicher alle auch die eine oder andere Köstlichkeit bei sich, die für mich von Interesse sein könnte. Mit diesen Gedanken nähere ich mich alsbald anderen Ausflüglern, die mich bereits mit gemischten Gefühlen und Vorahnungen erwarten.

Was für ein herrliches Leben hier oben auf der Alp! Ich wünsche mir, dass die Saison und der Touristenstrom noch lange andauern werden. Dabei geht mir eines meiner Lieblingslieder durch den Kopf: „So ein Tag, so wunderschön wie heute, so ein Tag, der sollte nie vergeh'n.[18]" Ja, das wäre zu schön, um wahr zu sein. „Muuhhh!"

---

18 „So ein Tag, so wunderschön wie heute" wurde 1952 für die Fassnachtskampagne der Mainzer Hofsänger von Lotar Olias komponiert, der Text stammt von Walter Rothenburg.

***

„Komm, Herr Jesus, sei unser Gast,
und segne, was du uns bescheret hast."

Tischgebet, das meine liebe Großmutter vor jeder Mahlzeit in Dankbarkeit laut betete. Auch ich danke heute vor jedem Essen unserem Schöpfer. Es ist nicht einfach normal, dass wir in unserem Land im Überfluss zu essen und zu trinken haben. Es ist ein Geschenk!

***

16

Das versenkte Parkticket

Was für ein herrlicher Herbsttag! Der goldene Oktober 2022 könnte aufgrund der für diese Jahreszeit äußerst milden Temperaturen in die Annalen eingehen. Die Natur zeigt sich von ihrer besten Seite in ihrer ganzen Farbenpracht. Einfach nur wunderbar! Man braucht nicht in die Wärme zu fahren, die Wärme ist zu uns gekommen. Nach einem köstlichen Mittagessen in einem Gartenrestaurant am Thunersee und einer gemütlichen Entdeckungsfahrt durch Herbstlandschaften mit Alpensicht wollen wir unseren Renault Scenic im Parkhaus „Bucht" in der Nähe der Schiffsstation in Spiez parkieren. Am Automaten bei der Einfahrt-Barriere entnehme ich durch Knopfdruck das Parkticket und stecke es wie gewohnt in den Schlitz des Kartenlesegeräts im Auto. In diesem Kartenlesegerät, das die Form eines ca. 4 Zentimeter breiten Schlitzes hat, sollte man eigentlich nach dem Einsteigen ins Fahrzeug die Keycard, also den elektronischen Autoschlüssel, stecken. Wir machen dies jedoch höchst selten; die Funktionsweise unseres Renault Scenic hat darunter nicht gelitten. Eines Tages hatten wir die Idee, in diesem Schlitz, dem Kartenlesegerät, das jeweilige Parkticket vorübergehend zu deponieren. So kann das Ticket nicht verloren gehen. So weit, so gut. Doch heute war dies anders. Als ich das Parkticket beim Aussteigen herausnehmen wollte, war es nicht mehr da. Verschwunden. Im Schlitz versenkt. „Das gibt es doch nicht. Das ist uns noch nie passiert. Weshalb gerade hier und jetzt?"

Jetzt stand unser Fahrzeug im Parkhaus und wir hatten kein Ticket mehr. Ohne Ticket keine Ausfahrt. Gott sei Dank gibt es ja in jedem Parkhaus Angaben, an wen man sich bei Problemen wenden kann. So wählte ich auf meinem iPhone zuerst die Telefonnummer des Störungsdienstes. Das Telefon klingelte und klingelte und klingelte, doch niemand meldete sich. Ich hängte auf und versuchte es nochmals. Wieder nichts. Auch der dritte Versuch blieb erfolglos. „Der Störungsdienst lässt sich nicht stören", sagte ich mir. Nun drückte ich auf die blaue Taste bei der Einfahrt-Barriere. Bei der blauen Taste stand der Hinweis: „Bitte nur für Notfälle". Wir sind ein Notfall, sagte ich mir, schließlich wollten wir ja nicht in diesem Parkhaus übernachten. Ich drückte also die blaue Taste und sofort meldete sich eine Stimme, die sagte: „Bitte bewahren Sie Ruhe, Sie werden umgehend mit der Notrufzentrale in Zürich verbunden." Diese Durchsage wurde regelmäßig mehrmals wiederholt. Selbstverständlich blieb ich ruhig, dennoch passierte nichts. Ich nahm an, dass das Personal der Notrufzentrale in Zürich ebenfalls das schöne und warme Herbstwetter genoss.

In diesem Moment kam ein Ehepaar auf uns zu und fragte uns, ob sie behilflich sein könnten. Wir erzählten ihnen unsere Geschichte mit dem versenkten Parkticket. Sie zeigten sich ebenfalls sehr erstaunt, dass wir niemanden erreichen konnten, weder beim Störungsdienst noch bei der Notrufzentrale. Da das Ehepaar mit seinem Fahrzeug das Parkhaus verlassen wollte, fragten wir, ob sie nach dem Verlassen des Parkhauses mit ihrem Fahrzeug nochmals zur Einfahrt fahren könnten. Damit hätten wir die Möglichkeit, erneut ein Parkticket für uns am Automaten zu lösen. Ohne Fahrzeug bei der Einfahrt ist das Lösen eines Tickets nämlich nicht möglich. Gesagt, getan. Nach kurzer Zeit stand das Fahrzeug des hilfsbereiten Ehepaars an der Einfahrt des Parkhauses und ich konnte per Knopfdruck nochmals ein Ticket für uns lösen. Damit war auch unser Problem gelöst. Wir bedankten uns bei unseren „Rettern in der Not" und mussten alle lachen über diesen Vorfall, der ein gutes Ende gefunden hatte.

Um eine Erfahrung reicher, genossen wir die Abendstimmung am See. Wir werden künftig unsere Parktickets nicht mehr in den Schlitz des Kartenlesegeräts des Autos stecken und haben gelernt, dass auch lieb gewonnene Gewohnheiten ihre Tücken haben können.

***

Hotel AVES, Arosa; Januar 2023:
„Travel is the only thing you buy
that makes you richer."[19]

Bei all unseren bisher erlebten Reisen, Wanderungen und Ausflügen konnten wir diese Erfahrung machen. Unser Geldbeutel war danach zwar ärmer, unser Erinnerungsbeutel jedoch um ein Mehrfaches reicher.

***

---

19 Reisen ist die einzige Sache, die du kaufst und die dich reicher macht. Die Autorin/Der Autor dieses Sprichworts ist unbekannt.

17

Hallo, ist da draußen jemand?[20]

Seit Jahrzehnten stellt sich die Menschheit dieses wunderbaren Planeten Erde die Frage, ob es da draußen im unendlich weiten Universum anderes Leben gibt. Ist da noch etwas? Ist da noch jemand? Dazu gehört auch, dass mit einer gewissen Regelmäßigkeit Fotos von sogenannten Ufos[21] über die Medien verbreitet werden, welche die Frage nach dem Etwas, nach dem Jemand im Universum immer wieder erneut aufflammen lassen. Um eine Antwort auf diese brennende Frage der Menschheit zu finden, wurden weltweit immense Geldsummen in Forschungsprojekte gesteckt, die alle das Ziel hatten, herauszufinden, ob wir tatsächlich die einzigen Lebewesen dieses riesigen Universums sind oder nicht.

Vor diesem Hintergrund wurde im Januar 2021 das Square Kilometre Array Observatory (SKAO) als internationale Organisation gegründet. Im Juni 2021 hat diese Organisation grünes Licht gegeben für den Bau des größten Radioteleskops der Welt mit Standorten in Australien und Südafrika. Die Größe dieses Radioteleskops zeigt sich auch in folgenden Zahlen: In Australien wurden in einer dafür geeigneten Region 130 000 Antennen installiert, in Südafrika wurden 200 Satellitenschüsseln in

---

20 In der Nachrichtensendung „10 vor 10" wurde 2021 über den Bau des größten Radioteleskops der Welt informiert. Am Schluss des Berichts machte meine Frau dazu gewisse Überlegungen, die mir zu dieser Geschichte verholfen haben.
21 Unidentified Flying Object (unbekanntes Flugobjekt)

Stellung gebracht. Mit diesen Antennen und Satellitenschüsseln sollen Radiosignale aus dem Weltall empfangen und analysiert werden. Damit diese immense Datenmenge verarbeitet werden kann, wurde ein hochkomplexer Supercomputer entwickelt und produziert. Auch unser kleines Land, die Schweiz, war an der Entwicklung und Herstellung dieser technologischen Supermaschine beteiligt.

Die Hauptaufgabe dieses Supercomputers besteht darin, die entscheidenden Radiosignale aus der Unmenge der empfangenen Signale herauszufiltern. In diesem Zusammenhang muss man wissen, dass 99 Prozent aller empfangenen Signale nur Rauschen sind. Die Herausforderung ist also, das eine entscheidende Prozent aus der immensen Anzahl aller Radiosignale herauszufiltern und somit die erhofften Nachrichten und Meldungen aus dem Weltall, aus dem Universum, dechiffrieren zu können. Die Hoffnung ist groß, dass dieser Supercomputer eines Tages Radiosignale herausfiltern und uns die Frage „Ist da etwas, ist da jemand?" beantworten kann.

Nun sind die Antennen und Satellitenschüsseln schon seit einigen Jahren im Einsatz. Hunderte Millionen US-Dollar wurden bisher in dieses gigantische Projekt investiert. Dennoch ist die Ausbeute bis zum heutigen Tag höchst bescheiden geblieben. Die beteiligten Wissenschaftler und Forscher des SKAO sowie die zahlreichen Investoren aus aller Welt sind enttäuscht, wollen aber die Hoffnung noch nicht aufgeben. Obwohl der Supercomputer Tag und Nacht auf Hochtouren läuft und unermüdlich die entscheidenden Informationen aus der Unmenge von Radiosignalen herausfiltert, konnte er bisher nur ein paar Zusatzinformationen zu Schwarzen Löchern liefern. Bahnbrechende Informationen aus dem Weltall konnte der Supercomputer keine ausspucken.

Doch da! – Ein Assistent in weißer Schürze und mit zerzausten, schütteren, dunklen Haaren stürzt in großer Aufregung und mit weit geöffneten Augen in den Saal, in dem sich die Projektleitung des SKAO zur wöchentlichen Update-Sitzung getroffen hat. In der einen Hand hält er ein weißes Blatt Papier, das er dem leicht verdutzten, überraschten Sitzungsleiter in die Hände drückt, und außer Atem sagt er: „Diese Meldung hat der Supercomputer soeben ausgespuckt."

Endlich kommt etwas Leben in die gedrückte Stimmung der Sitzungsteilnehmenden. Der Sitzungsleiter richtet seine Augen auf das Papier und liest den anderen Teilnehmenden laut vor, was auf dem besagten, durch den Supercomputer ausgespuckten Blatt steht: „Hallo, hier draußen ist niemand."

***

„Lieber 1 000 Sterne am Himmel
als 5 an der Zimmertür."

Diese Zeilen konnten wir auf der Rückwand eines Campingfahrzeugs in Großbuchstaben lesen. Wir sind selbst viel mit unserem Camper unterwegs und können deshalb diese Haltung nur allzu gut nachvollziehen.

***

18

Blech versus Schokolade

Sind Sie auch eine Sammlerin oder ein Sammler? Und wenn ja, was sammeln Sie? Seit jeher gibt es Menschen, die aus irgendeinem persönlichen Antrieb heraus etwas sammeln: Kaffeerahmdeckeli, Plüschtiere, Postkarten, Espressotassen, Muscheln, Sand von verschiedenen Stränden, Steine, Kristalle, Uhren, Münzen, Schuhe usw. Die Aufzählung aller möglichen Sammelobjekte würde wahrscheinlich zu einer beinahe unendlich langen Liste führen.

Über Jahrzehnte und über mehrere Generationen hinweg war das Sammeln von Briefmarken „in", eine große Leidenschaft von zahlreichen Personen, ob jung oder alt. Briefmarkensammlungen gab es sozusagen wie Sand am Meer. Seltene, besondere Exemplare dieser gezackten Papierstückchen waren sehr gesucht und häufig auch viel Geld wert. Mann oder Frau waren sehr stolz auf ihre Sammlungen und zeigten diese auch gerne im Familien- oder Bekanntenkreis herum. Häufig wurde die Briefmarkensammlung auch beim Anbändeln erwähnt. Wer kennt nicht den Spruch des Jünglings, der einer hübschen jungen Frau nach dem romantischen Nachtessen bei Kerzenlicht im Restaurant die Frage stellt: „Willst du noch meine Briefmarkensammlung sehen?" Heute hat man mit solchen altmodischen Sprüchen keine Chance mehr und die bunten Postwertzeichen schlummern irgendwo vor sich hin und sind dem Verstauben geweiht. Das Interesse an diesen kleinen, farbigen Stückchen gezackten Papiers aus aller Welt ist massiv gesunken. Diese Erfahrung musste ich vor einigen Jahren auf einer Briefmarkenbörse machen, wo ich meine gesammelten Kunstwerke auf Papier verschiedenen Händlern gezeigt hatte. Obwohl auch einige schöne Einzelstücke zu dieser Sammlung gehören, hatten die meisten Händler nur ein müdes Lächeln übrig. Keiner von ihnen zeigte echtes Interesse. Der Briefmarken-Markt scheint am Boden zu sein. Zumindest momentan.

Ganz anders geht es zu bei einem, ebenfalls rechteckigen Sammlerobjekt, welches heute das Rennen macht. Autokennzeichen, ja, Nummernschilder für Autos. Natürlich keine hundsgewöhnlichen Nummernschilder. Nein, es sind besondere Raritäten. Ein Beispiel dafür ist das Nummernschild „ZH 100", das bei einer Auktion im November 2022 sage und schreibe für 226 000 Franken die Besitzerin bzw. den Besitzer wechselte. Wahnsinn, dass man für ein Stück rechteckiges Blech mit ein wenig Farbe und einem Warenwert von ca. 20 Franken eine solch horrende Summe Geld in die Hand nehmen kann. Natürlich freut sich der Kanton, in diesem Fall Zürich, über einen derartigen finanziellen Zustupf in die Kasse. Autokennzeichen-Fans freuen sich wiederum, eine solche Rarität an einem Auto prangen zu sehen. Die Besitzerin oder der Besitzer des Kennzeichens „ZH 100" ist gut beraten, dieses Nummernschild höchst sorgfältig am Fahrzeug zu fixieren und eventuell sogar mit einer Alarmanlage zu sichern.

In diesem Zusammenhang war auch zu lesen, dass ein Auto-Nummernschild etwa der Größe von vier Tafeln Schokolade entspricht. Ich liebe Schokolade und würde daher ohne zu überlegen für den Betrag von 226 000 Franken viel eher Schokolade als ein Stück Blech kaufen. Nichtsdestotrotz müsste ich natürlich zuerst einen derart hohen Betrag zur Verfügung haben, um ihn für Schokolade ausgeben zu können, ohne dabei schlaflose Nächte zu erleben. Bei einem Durchschnittspreis von 25 Franken pro Kilo ergäbe dies sage und schreibe 9040 Kilogramm Schokolade. Eine solch riesige Menge würde ich natürlich nicht auf einmal kaufen. Nein, natürlich nicht. Vielmehr würde ich die Schokolade schön verteilt und immer frisch über die noch vor mir liegenden Tage, Wochen, Monate und Jahre kaufen. Auf diese Weise hätte ich bezüglich Schokoladenkonsum bis an mein Lebensende ausgesorgt. Wahrscheinlich könnte ich damit jeweils zu Weihnachten oder Ostern sogar die Familie und Freunde mit Schokolade beglücken.

Auf jeden Fall erachte ich es als sinnvoller, 226 000 Franken in Schokolade anstatt in ein Stück Raritäts-Blech zu investieren. Schließlich beiße ich bis ans Ende meiner Tage auf dieser Erde lieber in eine Tafel köstlicher Süßigkeit als in ein trockenes, hartes Stück Blech.

***

Gottes Aug' ist überall, drum filz²² mir nicht mein Lineal!

Mit diesem Spruch beschrifteten wir in der Schulzeit unsere Lineale. Dieser Vermerk war mit der Hoffnung verbunden, dass auf diese Weise unsere Lineale nicht von den Kameraden geklaut wurden.

***

22 filzen: hier im Sinne von stehlen

19

Zufall oder Fügung?

An diesem noch jungen Novemberabend 2022 ist es zwar frisch, aber für die Jahreszeit immer noch viel zu warm. Nichtsdestotrotz hat es sich ein Ehepaar in einer kleinen Konditorei in Kehrsatz bequem gemacht und wärmt sich mit einer heißen Ovo etwas auf. Es genießt die Ruhe und den Ausblick auf die Lichter der Häuser und Straßen von Kehrsatz, einem Vorort von Bern. In der Konditorei sind kurz vor Toresschluss nur sehr wenige Kundinnen und Kunden. Es ist ruhig und angenehm mild, eine gute Voraussetzung, um zusammen den Tag zu reflektieren.

Diese gute Stimmung des Ehepaars, nennen wir es Lisa und Ronald, wird jedoch jäh unterbrochen, als Lisa beim Anziehen ihrer Windjacke mit Entsetzen feststellt, dass sie ihre Armbanduhr verloren hat. „Das gibt es doch nicht – nicht schon wieder!", entfährt es ihr. Die Armbanduhr war ein Geburtstagsgeschenk ihrer Töchter. Schon von Beginn an funktionierte der Verschluss nicht korrekt, öffnete sich immer wieder, ohne dass Lisa dies bemerkte. Es ist deshalb nicht das erste Mal, dass Lisa wegen des nicht richtig funktionierenden Verschlusses die Uhr verliert. Bisher konnten Lisa und Ronald aufgrund von wunderbaren Fügungen das vermeintlich verlorene Schmuckstück immer wieder finden. Dies sogar vor einem Jahr während ihrer Ferien in Jávea, Spanien, wo sie die beim Velofahren verloren geglaubte Uhr im Velogepäck entdeckten. Auf welche Art und Weise die Armbanduhr dort gelandet war, ist den beiden bis heute ein Rätsel. War es Zufall oder eben eine Fügung? Werden sie auch diesmal den Schmuck auf wunderbare Weise wiederfinden?

Lisa hat, Gott sei Dank, ein gutes Erinnerungsvermögen. Sie lässt den Tag nochmals Revue passieren und überlegt sich, wo sie vielleicht die Uhr verloren haben könnte. Heute Vormittag waren sie zuerst mit dem Auto zur Mutter von Lisa, nennen wir sie Marthe, gefahren. Marthe wohnt in einem schön gelegenen Altersheim in einem Vorort von Bern. Gemeinsam haben sie ein feines Mittagessen eingenommen und viel geplaudert. Schließlich hatten sie sich schon längere Zeit nicht mehr gesehen und deshalb gab es viel zu erzählen. Anschließend begleiteten sie Marthe wieder zurück auf ihr Zimmer und verabschiedeten sich. Lisa und Ronald wollten noch die Lage von zwei zum Verkauf stehenden Eigentumswohnungen beurteilen. Beim Einsteigen ins Auto vor dem Altersheim glaubte Lisa ein leises metallisches Geräusch gehört zu haben, als Ronald eine der hinteren Autotüren öffnete. Da Ronald wie üblich nichts bemerkt oder gehört hatte, schenkte sie diesem Vorfall keine weitere besondere Bedeutung. Sie erkundeten gemeinsam die Standorte und Lagen der beiden Eigentumswohnungen, öffneten mehrmals die Autotüren zum Aus- und Einsteigen. Die Örtlichkeiten der Wohnungen sagten ihnen jedoch nicht zu und so beschlossen sie, auf dem Heimweg in eingangs erwähnter Konditorei einzukehren und es sich bei einem warmen Getränk etwas gemütlich zu machen.

So spielte Lisa den Tagesverlauf vor ihrem geistigen Auge nochmals ab und stieß dabei auf dieses besagte Geräusch, das sie in der Nähe des Altersheims beim Einsteigen ins Auto gehört hatte. „Du, Ronald, wir fahren nochmals zum Parkplatz beim Altersheim. Ich bin mir fast sicher, dass die Armbanduhr dort aus irgendeinem Grund zu Boden gefallen ist. Ich habe ein leises metallisches Geräusch gehört, das sehr gut von meiner Armbanduhr stammen könnte." Gesagt, getan. Sie fuhren also zum Parkplatz beim Altersheim. In der Zwischenzeit war es dunkel geworden. Sie schalteten beide die Taschenlampen ihrer iPhones ein und inspizierten den Parkplatz, wo sie über Mittag ihr Fahrzeug abgestellt hatten. An jenem Platz stand bereits wieder ein

Fahrzeug. Sie liefen beide um das Fahrzeug herum und leuchteten mit ihren iPhone-Taschenlampen auf den Boden. Und plötzlich: „Da liegt sie!" Lisa hatte ihre Armbanduhr wieder gefunden. Sie waren beide sehr erleichtert. „Das gibt's doch nicht", meinte Ronald. „Schon wieder finden wir deine Uhr auf wundersame Weise. Das hätte ich nicht gedacht. Super, dass du, Lisa, ein so gutes Gehör und Erinnerungsvermögen hast. Bravo!"

Niemand hatte die Armbanduhr bemerkt, die immerhin rund zweieinhalb Stunden auf dem Boden gelegen hatte und bei leichtem Regenschauer in den Lichtern der Nacht glitzerte. Lisa kontrollierte ihre Uhr auf Beschädigungen. Alles schien in Ordnung zu sein. Nur das Uhrenarmband war leicht beschädigt. Die Rekonstruktion dieses Vorfalls machte ihnen klar, dass sich die Armbanduhr bereits vor dem Wegfahren aus ihrer Einstellhalle in Murten unbemerkt von Lisas Handgelenk gelöst haben musste und auf dem Rücksitz des Autos liegen geblieben war. Durch die Vibrationen beim Fahren musste die Uhr dann zwischen das Sitzpolster des Rücksitzes und die Autotür gerutscht bzw. gefallen sein. Als Ronald das Auto auf dem Parkplatz beim Altersheim parkiert und anschließend die Hintertüre geöffnet hatte, musste die Armbanduhr in den unteren Türrahmen gerutscht sein. Beim Schließen der Autotür war die Armbanduhr dort eingeklemmt und das Uhrenarmband dadurch beschädigt worden. Als dann Ronald vor dem Wegfahren die hintere Autotür nochmals geöffnet hatte, war die Armbanduhr vollends zu Boden gefallen. Dieses Fallen hatte das von Lisa wahrgenommene leise metallische Geräusch verursacht.

Dieses Wiederfinden der verlorenen Armbanduhr war definitiv kein Zufall, sondern eine erneute wunderbare Fügung! Eine mehr! Fügungen gibt es immer wieder. In allen Lebenslagen. Man muss sie nur sehen.

***

„Durch diese hohle Gasse muss er gasen."

Spontane Aussage meines Onkels Klaus, als er mit Wilhelm Tell[23] vor Augen nach dem Mittagessen mit uns zusammen ein Spaziergang machte und sein Verdauungssystem sich dabei ungewollt Luft verschaffte.

***

---

23 In Schillers „Wilhelm Tell" macht Tell die wohlbekannte Aussage: „Durch diese hohle Gasse muss er kommen." Tell meinte mit dem „er" den Landvogt Gessler.

20

Phänomenal - Basel-Stadt 2037 klimaneutral!

Weltweit wird die Klimaneutralität oder CO2-Neutralität seit einigen Jahren immer häufiger sowohl auf der Straße wie auch in den Regierungen lautstark und medienwirksam thematisiert. Bei all diesen Aktionen und Diskussionen stört mich insbesondere, dass viele dieser Aktivisten nicht einmal wissen, dass zum Beispiel sämtliche Gletscher der Schweiz in 50 Jahren definitiv und total verschwunden sein werden. Dies auch bei einem weltweiten sofortigen Verzicht von CO2-Ausstoß in jeglicher Form. Diese Tatsache wurde mehrmals von Glaziologen und renommierten Wissenschaftlern untermauert, scheint jedoch in den Kreisen der Klimaaktivisten noch nicht überall angekommen zu sein. In diesen Gruppen ist man überzeugt, dass mit den von ihnen vorgeschlagenen Maßnahmen die Welt gerettet werden könnte.

Am 27. 11. 2022 war die Klimaneutralität im Halbkanton Basel-Stadt an der Urne ein äußerst emotionales Thema. Die Stimmbürgerinnen und Stimmbürger haben an diesem denkwürdigen Abstimmungssonntag unter anderem für eine rasche Klimaneutralität ihres Stadt-Kantons gestimmt. Die Basler Stimmbevölkerung hat sich entschieden, dass die Klimaneutralität in ihrem Kanton bis 2037 erreicht werden soll.

Als das Ergebnis bekannt gegeben wurde, ertönte im Ratssaal ein riesiges Freudengeschrei. Es wurde kräftig geklatscht und um die Wette gestrahlt. Die Siegerinnen und Sieger gratulierten sich gegenseitig, fielen sich in Tränen aufgelöst in die Arme. Was für ein Tag, was für ein phänomenales Resultat: Der Halbkanton Basel-Stadt soll bis 2037 klimaneutral sein. Basel-Stadt ist also in Sachen Klimaneutralität schneller unterwegs als die Schweiz! Die schreienden und klatschenden Personen im Ratssaal waren wahrscheinlich alle der festen Überzeugung, dass dank diesem Entscheid der Kanton Basel-Stadt jetzt in Bezug auf den Klimaschutz die Welt retten würde. Die Mehrheit der Weltbevölkerung würde wahrscheinlich zuerst einmal fragen: „Was ist Basel-Stadt?" oder „Wo ist Basel-Stadt?"

Versuchen wir einmal, dieses sogenannte phänomenale und überschwänglich gefeierte Abstimmungsergebnis etwas nüchterner und vor allem realistisch zu betrachten. Stellen wir dabei die Fläche des Halbkantons Basel-Stadt der Fläche der Schweiz, der Fläche Europas oder sogar der Welt gegenüber. Der Halbkanton Basel-Stadt ist ein sehr kleiner Kanton, was sich auch in der bescheidenen Fläche von 37 Quadratkilometern widerspiegelt. Diese Fläche entspricht gerade einmal 0,09 Prozent der Fläche der Schweiz[24], 0,0004 Prozent der Fläche Europas[25] oder ganzen 0,000007 Prozent der gesamten Weltoberfläche[26].

Allein das Ergebnis dieser objektiven, rein rationalen Betrachtungsweise führt bei mir zu einem persönlichen Lachkrampf. Allerdings darf ich nicht in aller Öffentlichkeit über dieses Ergebnis meiner Betrachtungsweise lautstark lachen. Auch von einer Veröffentlichung dieser himmelschreienden Größenverhältnisse in den sozialen Medien sehe ich ganz bewusst ab. Ansonsten würde ich Gefahr laufen, von einigen Extremisten der

---

24 Die Schweiz hat eine Fläche von 41 285 km².

25 Europa hat eine Fläche von 10,5 Millionen km².

26 Die Welt hat eine Fläche von 510 Millionen km². Die Erde ist mit einem Anteil von 71 Prozent hauptsächlich mit Wasser bedeckt. Nur 29 Prozent der Erdoberfläche bestehen aus Landmasse. Insgesamt hat die Erde eine Oberfläche von 510 Millionen Quadratkilometern, wovon also lediglich 149 Millionen Quadratkilometer mit Land bedeckt sind.

Klimabewegung des Halbkantons Basel-Stadt zur Strafe auf einer Straße festgeklebt zu werden und damit höchst unfreiwillig zu einer ihrer Straßensperren beizutragen.

Ich ziehe es daher vor, das Ergebnis meiner oben erwähnten einfachen, aber sehr aufschlussreichen und ernüchternden Beurteilung der Größenverhältnisse still zu genießen und im Gegensatz zu den Klimaaktivisten auf Euphorie und Angstmacherei zu verzichten. Hingegen will ich wie bisher mit meinem gesunden Menschenverstand und dem darauf abgestimmten Lebenswandel Tag für Tag, friedlich und ohne großes Tamtam im Kleinen etwas Konkretes für das Klima tun. So ganz nach dem Motto „1 + 1 = 2."

***

Die Bibel, Johannes 3,16:
Denn Gott hat die Menschen so sehr geliebt,
dass er seinen einzigen Sohn für sie hergab.
Jeder, der an ihn glaubt,
wird nicht zugrunde gehen,
sondern das ewige Leben haben.

Ich habe einmal von einem bekannten Prediger gehört, der seine erwartungsvollen Zuhörerinnen und Zuhörer fragte, ob sie den obenstehenden Bibelvers kennen würden. Seine Frage wurde umgehend von allen Anwesenden mit heftigem Kopfnicken und „Ja"-Rufen beantwortet. Der Prediger sagte daraufhin: „Sehr gut. Geht nun und verkündet diesen Bibelvers euren Mitmenschen." Sprach's, stieg vom Podium herab und verließ die verdutzte Gemeinde.

***

21

Pilatus: Die Vögel

Es geschah am 20. Dezember des Jahres 2022, dem Tag, an dem unsere Zwillingstöchter Yasmin und Myriam ihren 30. Geburtstag feierten. Dieses besondere Ereignis wollte gebührend begangen werden und es sollte deshalb hoch hinaus gehen. Genauer gesagt auf 2 132 Meter über dem Meeresspiegel, auf den Pilatus, den Aussichtsberg bei Luzern. Yes! Gesagt, getan. Die steilste Zahnradbahn Europas, welche ausgehend von Alpnachstad den Pilatus erklimmt, stellt jeweils ihren Betrieb in den Wintermonaten ein. Gott sei Dank führen auch noch andere Wege bzw. Transportmittel auf diesen bekannten Aussichtsberg der Zentralschweiz. Wir, also meine Frau, unsere drei Töchter Nadia, Yasmin und Myriam sowie meine Wenigkeit fuhren per Gondel und Luftseilbahn von Kriens aus auf den Gipfel des Pilatus. Das Wetter entsprach der Saison. Kalt, ein wenig Schnee, der Himmel teilweise bedeckt. Die Sonne kämpfte sich jedoch ab und zu erfolgreich mit ihren wärmenden Strahlen durch die Wolkenschichten und verzauberte mit ihren Lichteffekten die herrliche Berglandschaft. Eine Augenweide.

Mit solchen Eindrücken begaben wir uns nach Erreichen des Gipfels ins Restaurant Kulm, in dem wir an einem schön gedeckten Tisch Platz nehmen konnten. Das Restaurant war gut besucht. Es war deshalb weise, dass Yasmin für uns ein Tisch reserviert hatte. Wir konnten ein wunderbares Essen genießen. Vom Apéro über die Vorspeise, den Hauptgang bis zum abschließenden Dessert. Top! Auch die Weinbegleitung mundete uns allen sehr. Zu guter Letzt überraschte das Restaurant unsere beiden Geburtstagskinder mit einer eigenen Dessert-Kreation der besonderen Art[27]. Die Service-Angestellte intonierte beim Hereintragen dieser Kreation „Happy Birthday" und wir stimmten alle ein. Mit aller Bescheidenheit darf festgehalten werden: Es tönte gut, wir lagen richtig mit unserer Melodie und belästigten somit die anderen anwesenden Gäste nicht mit einem unmelodiösen Gesang. Die zwei Kerzen der Dessert-Kreation waren rasch ausgeblasen. Den Rest ließen wir uns jedoch einpacken. Unsere Mägen waren einfach zu voll, da hatte vorerst nichts mehr Platz.

Die Zeit im Restaurant verging wie im Flug. Die letzte Luftseilbahn fuhr um 16.30 Uhr. Vor dieser Talfahrt wollten wir alle noch ein paar Schritte auf dem Pilatus gehen. Wir packten deshalb unsere Siebensachen zusammen, verließen warm eingepackt das Restaurant Kulm und traten hinaus auf die große Aussichtsterrasse. Ein eisiger Wind schlug uns entgegen. Und dann sahen wir sie – eine große Anzahl schwarze Vögel, die in Reih und Glied auf dem Geländer saßen und uns aus kleinen schwarzen Augen äußerst neugierig anschauten. Ihre Schnäbel waren von dunkelgelber Farbe. Bergdohlen. Sie schlugen mit ihren Flügeln, krächzten wild durcheinander und tänzelten nervös auf dem Geländer hin und her, ohne uns aus den Augen zu verlieren. Auch der kalte Wind beeindruckte die schwarzen Vögel nicht. Im Gegenteil. Sie schienen sich in dieser Kälte und bei diesem Wind wohlzufühlen. Die in Reih und Glied sitzenden Vögel weckten in mir unweigerlich Erinnerungen an Hitchcocks Film „Die Vögel". Hier waren wir jedoch auf dem Pilatus und nicht in Bodega Bay[28], der Ortschaft in Kalifornien, in der sich Hitchcocks Horrorfilm damals abspielte. Wir waren die letzten Gäste des Restaurants und waren somit völlig allein der Willkür

---

27 5 frische Muffins auf einem großen Teller, mit verschiedenen Früchten dekoriert und zwei Kerzen.

28 In dieser Ortschaft spielt sich der Horrorstreifen von Hitchcock ab; die Ortschaft liegt in der Nähe von San Francisco.

dieser großen Anzahl Bergdohlen ausgesetzt. Entschlossenen Schrittes zogen wir an den krächzenden Vögeln vorbei dem Eingang der Bergstation entgegen. Plötzlich stiegen die Vögel in die Luft und drehten ihre Kreise knapp über unsere Köpfe hinweg. Einige ließen auch ihre Notdurft auf uns fallen. Dies natürlich sehr zu unserem Missfallen. Einige der Bergdohlen hackten mit ihren spitzen gelben Schnäbeln auf unser Handgepäck ein. Dies in der Hoffnung, etwas Essbares zu finden. Inmitten dieses wilden Vogelgeflatters und -gekreisches strebten wir fünf zielbewusst dem rettenden Eingang der Bergstation entgegen. Obwohl der Weg vom Restaurant Kulm bis zur Bergstation nur ca. 200 Meter lang war, kam uns die Strecke wie eine halbe Ewigkeit vor. Schließlich hatten wir es geschafft. Wir öffneten die Eingangstür und stürzten mehr lachend als terrorisiert in den rettenden, warmen Innenraum.

Die Bergdohlen blieben natürlich draußen und schauten uns nervös am Boden hin- und herlaufend durch die großen Glasfronten noch eine Weile an. Wir mussten nach dieser unerwarteten Vogelattacke unsere Kleider richten und von Vogeldreck befreien. Was für ein Erlebnis zum Abschluss unseres Geburtstagsausflugs auf den Pilatus. Dieses Geschenk hatten sowohl unsere Zwillingstöchter als auch wir selbst nie und nimmer erwartet. Niemals hätten wir uns träumen lassen, dass uns hier oben auf einem Schweizer Berg eine Hitchcock-ähnliche Vogelattacke erwarten würde. Aber eben: Die Welt ist manchmal sehr klein und man soll ja bekanntlich den Tag nie vor dem Abend loben. Und – wer weiß: Vielleicht haben ja einige dieser Bergdohlen des Pilatus Verwandte in Kalifornien.

***

Auf seiner Abschiedstour anlässlich seiner Pensionierung sagte mir einst ein Vorgesetzter:

„Wissen Sie, Herr Kummer, die Friedhöfe sind voll von Menschen, die sich für unersetzbar gehalten haben."

Wie er doch recht hatte! Vergessen wir das nie.

***

22

Siargao – der Countdown läuft

Siargao ist eine kleine, paradiesische Insel in der Philippinensee, im Osten der Philippinen. Die Fläche der Insel beträgt gerade mal 416 km². Die tropfenförmige Insel ist hügelig mit geringen Steigungen, die höchste Erhebung misst 291 Meter. Im Inneren des Eilands wächst tropischer Regenwald. Die Küsten zieren wunderbare und weite, weiße Sandstrände. Siargao ist Teil eines großen Naturschutzgebietes[29].

Die Temperatur bleibt das ganze Jahr über bei ungefähr 30 Grad. Von Dezember bis Februar ist Regenzeit. Die ungefähr 200 000 Einwohner sprechen Surigaonon und sind überwiegend katholisch.

Größter Ort und Hafen ist Dapa im Süden mit rund 23 800 Einwohnern, ein bekannter Badeort ist General Luna[30] im Südosten der Insel.

Und in diese Insel hat sich Myriam vor ein paar Jahren während einer Reise durch einige Länder Asiens verliebt. Siargao war die Insel, der Ort, an dem Myriam sozusagen einen Neustart in ihr zukünftiges Leben machen konnte. Diese Insel hat mit ihren Naturschönheiten, ihren Menschen und ihrer Kultur der jungen Frau tatsächlich geholfen, all die negativen Erlebnisse der vergangenen Jahre verarbeiten und wieder positiv in die Zu-

---

29 Siargao Island Protected Landscape and Seascape (SIPLAS)
30 Oft mit GL abgekürzt

kunft blicken zu können. Ja, diese kleine Insel, fernab von aller Hektik, hat so einiges im Leben Myriams bewirken können. Die Weiten des Meeres, das Schwimmen, Schnorcheln und Tauchen in dem mit allerlei Lebewesen besiedelten, unendlich großen Aquarium waren Balsam für die Seele von Myriam. Sie war von Beginn an hingerissen und überwältigt von so viel Freiheit und Herzlichkeit der Menschen und der fantastischen Schönheit der Natur. Die Meeresschildkröten hatten es ihr besonders angetan. In Myriam entbrannten damals das innige Verlangen und der große Wunsch, am Meer, am Ozean zu leben, wann immer sich diese Gelegenheit ergeben sollte.

Natürlich hat sich Myriam nicht nur in die Insel und ihre fantastische Natur verliebt. Nein, da gab es natürlich noch einen anderen Grund. Und dieser Grund bestand aus Fleisch und Blut. Es war ein gut aussehender, aufgestellter Inselbewohner, der mit Surfbrett und Vespa die Blicke der jungen Frau auf sich gezogen hatte. Pax, so hieß er mit seinem Spitznamen, war ein Naturbursche und etwas älter als Myriam. Sportlich, lebensfroh und unbeschwert, ein echter Filipino eben, der mit seinem dunklen Teint, seinen schwarzen, zerzausten Haaren und seinem Blick die bekannten Schmetterlinge im Bauch der jungen Frau zum Fliegen gebracht hatte. Und diese Schmetterlinge flogen unaufhörlich weiter, ganze drei Jahre lang.

Während dieser Zeit war Myriam mehrheitlich in der Schweiz und arbeitete für die Hotline einer bekannten Versicherungsgesellschaft. Die anrufenden Kundinnen und Kunden waren häufig alles andere als freundlich und geduldig. Die meisten hatten mit ihrem Fahrzeug in der Schweiz oder im Ausland eine Panne erlitten und riefen nun ihre Versicherung zu Hilfe. In solchen Fällen musste immer alles sehr rasch gehen. Geduld und Verständnis fürs Warten, bis Hilfe vor Ort geleistet werden konnte, waren Fremdwörter für die Anrufer. Die junge Frau musste sich so einiges von ausgerasteten und unfreundlichen Kundinnen und Kunden anhören. Mit ihrem Naturtalent schaffte

Myriam oft das Unmögliche: das Beruhigen der aufgebrachten Kundschaft. Die Energie für diese aufreibende und kräftezehrende Arbeit holte sie sich über all die Jahre bei ihrer Familie und Freunden, aber eben auch aus den Erinnerungen an Siargao und den täglichen Telefongesprächen mit ihrem Pax, dem lebensfrohen Insulaner.

Jeder vergangene Tag im hektischen Arbeitsleben brachte Myriam einen Tag näher an den geplanten Abflug in Richtung Siargao bzw. in Richtung Pax' Arme. Das gab der jungen Frau Kraft und Motivation.

Und plötzlich war er da, der Tag „X", der Abflug zum mehr als 15 000 Kilometer entfernten Siargao. Die junge Frau verabschiedete sich am Flughafen beim Eingang zu den Gates von ihrer Familie. Diese schaute ihr noch lange nach. Schließlich verschwand Myriam mit heftigem Winken und immer wieder Rückwärtsschauen im langen Korridor. Die Familie lässt ihre geliebte Myriam in eine neue Zukunft ziehen und hofft, dass sie in Siargao mit ihrem Pax glücklich werden wird. Wenn Myriam glücklich ist, werden es ihre Familie und ihre Freunde ebenfalls sein. Die Zukunft wird es Myriam und Pax zeigen. Einem Wiedersehen wird nichts im Wege stehen – die Welt ist ja häufig viel kleiner, als man meint.

***

„Trennen wir die Schafe von den Böcken",

meinte unser Französischlehrer an einer Schule in Basel. Dann folgte meist ein Seufzer seinerseits, bevor er die benoteten schriftlichen Prüfungsarbeiten mit mehr oder weniger positiven Bemerkungen und mehr oder weniger kritischen Blicken verteilte.

***

23

Kollegialität im Bundesrat: Taten statt Worte![31]

In den letzten Wochen und Monaten konnte man in den Medien immer wieder neue Schlagzeilen über das Nichtfunktionieren des Kollegialitätsprinzips in unserem Bundesrat lesen. Die von der Vereinigten Bundesversammlung gewählten sieben Damen und Herren Bundesräte scheinen ihre liebe Mühe damit zu haben. Anlässlich ihrer Wahlannahme versprechen sie zwar vor der Vereinigten Bundesversammlung hoch und heilig, das Kollegialitätsprinzip konsequent einzuhalten. Bei der praktischen Umsetzung dieses Prinzips hapert es dann allerdings. Und so werden Meinungsverschiedenheiten und persönliche Niederlagen im Bundesrat ab und zu – in letzter Zeit jedoch immer wie häufiger – auf wunderbare Art und Weise, meist über verschlungene Wege, den Medien zugespielt. Diese nehmen natürlich eine solche Insiderinformation sehr dankbar auf und verbreiten diese rasch und gekonnt über ihre zahlreichen Kanäle an die Öffentlichkeit. Und dann geht das Getöse los. Landauf, landab mit Diskussionen auf allen Ebenen. Äußerst nervenaufreibend und kräftezehrend für alle Beteiligten. Und überhaupt nicht vertrauensbildend!

Dieser unschönen, imageschädigenden Entwicklung wollen nun die Mitglieder der Vereinigten Bundesversammlung nicht mehr länger zusehen. Jetzt wollen sie handeln. Und

---

31 Meine Frau machte immer wieder Anspielungen auf die Namen unserer damaligen Bundesrätinnen und Bundesräte. Dies inspirierte mich zu dieser Geschichte.

zwar rasch. Endlich! Sie haben deshalb fast einstimmig einer Teamförderungsmaßnahme für die Mitglieder des Bundesrates zugestimmt. Nach eingehenden Diskussionen mit Teamförderungsspezialisten aus der Schweiz und der Europäischen Union wurde schließlich unter mehreren Anbietern die renommierte und erfolgreiche Firma „Together we can" aus dem Kanton Zug mit dieser hochkomplexen und anforderungsreichen Aufgabe betraut. Bereits nach wenigen Wochen konnte das Unternehmen „Together we can" seinen Vorschlag in einer außerordentlichen Sitzung der Vereinigten Bundesversammlung vorstellen. Die Kollegialität im Bundesrat soll mit einem gemeinsamen Kocherlebnis nachhaltig und tiefgreifend verbessert werden. „Together we can" hatte die originelle Idee, das Vorgehen bei dem Projekt mit Hilfe der Namen der Bundesrätinnen und Bundesräte zu strukturieren. Diese sollen somit beim gemeinsamen Kochen mit folgenden Arbeiten betraut werden:

- Herr Albert Rösti: Ihm wird es als frischgebackener Energieminister obliegen, möglichst energiesparend eine währschafte Berner Rösti für das Kollegium zu brutzeln.
- Frau Viola Amherd: Sie stellt als Verteidigungsministerin sicher, dass während des gesamten Kochanlasses keine Pfannen und Kochtöpfe ungewollt vom Herd genommen werden.
- Frau Karin Keller-Suter: Als Finanzministerin hat sie dafür zu sorgen, im Keller des Bundeshauses passende, kostengünstige Weiß- und Rotweine auszusuchen. Sie ist ebenfalls für den korrekten, bedürfnisgerechten Ausschank an die Kolleginnen und Kollegen verantwortlich.
- Herr Guy Parmelin: Als Wirtschaftsminister beschafft er auf dem inländischen Markt ausgezeichneten Parmesan-Käse sowie die erforderlichen Zutaten für die Zubereitung der knusprigen Berner Rösti. Dies macht er natürlich in enger Absprache mit Herrn Rösti, dem Verantwortlichen für die Zubereitung der Berner Rösti, und Frau Keller-Suter, welche die Einkaufsliste mit den vorgesehenen Ausgaben genehmigen muss.

- Herr Ignazio Cassis: Er besorgt die Cassis-Beeren für die Zubereitung des finalen Desserts. Die Cassis-Beeren darf er als Außenminister selbstverständlich auch im Ausland besorgen. Betreffend den dafür zur Verfügung stehenden finanziellen Mitteln muss auch er sich mit Frau Keller-Suter im Detail absprechen und das Budget einhalten.
- Frau Elisabeth Baume-Schneider: Sie ist die charmante Migrationsministerin und wird sich darum kümmern, dass es für alle genügend Platz am runden Tisch gibt. Zudem wird sie etwas Balsam (französisch „baume") für die Seelen ihrer arg gebeutelten Kolleginnen und Kollegen besorgen. Weiter wird sie auch für das Stopfen eventueller Lücken im Menü-Ablauf verantwortlich sein. Nicht umsonst lautet ihr Ledig-Name „Schneider".
- Herr Alain Berset: Aufgrund seines Namens ist es schwierig, dem Innenminister eine klare Aufgabe zuzuordnen. Mit was soll man „Berset" verbinden? Bei seinen Kolleginnen und Kollegen des Bundesrats war dies bedeutend einfacher. Zudem ist es aus heutiger Sicht[32] aufgrund der Negativ-Schlagzeilen in verschiedenen Medien noch völlig offen, ob Herr Berset an diesem Teamanlass überhaupt teilnehmen oder sich bereits vorher aus dem Bundesrats-Kollegium verabschieden wird.[33]

Die Mitglieder des National- und Ständerates waren von diesem durch „Together we can" entwickelten gemeinsamen Kocherlebnis für die Damen und Herren des Bundesrates mehrheitlich hellauf begeistert und haben die Firma mit der raschen Umsetzung beauftragt. Herr Berset soll ebenfalls eingeladen werden und im Falle seiner Teilnahme für eine offene und transparente Kommunikation während der Veranstaltung zuständig

---

32 Januar 2023
33 Alain Berset hat im Juni 2023 anlässlich einer Pressekonferenz mitgeteilt, dass er sich am Ende der laufenden Legislaturperiode nicht mehr als Bundesrat zur Verfügung stellen wird.

sein. Der Projektleiter von „Together we can" konnte sich ob dieser vorgeschlagenen Aufgabe für Herrn Berset ein Schmunzeln nicht verkneifen.

Abschließend freut es mich natürlich enorm, dass ich diese Insiderinformation auf meinen Kanälen verbreiten kann. Ich bin gespannt auf die Reaktionen in den Medien, der Politik und der Öffentlichkeit. Leider muss ich annehmen, dass dies einer meiner letzten Insiderinformationen war. Ich gehe nämlich davon aus, dass nach dem erwähnten gemeinsamen Kochevent der Bundesrätinnen und Bundesräte das Kollegialitätsprinzip wieder „leak"-frei gelebt werden wird und ich dann von meinem derzeitigen Bundeshaus-Informanten keine streng vertraulichen Informationen mehr erhalten werde. Schade, oder nicht?

***

„Liebe geht durch den Magen!"

Und wie! Als ich meine zukünftige Frau kennengelernt habe, hat sie mich von Beginn an kulinarisch überrascht und verwöhnt, was meinen innigst gehegten Heiratsabsichten noch mehr Auftrieb gab.

***

24

Wollen Sie sitzen?[34]

„Steh auf und mach dieser älteren Dame oder diesem älteren Herrn Platz." Wie oft haben wir als Kinder diesen Satz in einem voll besetzten Tram oder einem Bus von unseren Eltern oder anderen erwachsenen Personen gehört? Wenn in einer solchen Situation eine ältere Person nach einem freien Sitzplatz Ausschau gehalten hatte, war es für uns Kinder Schluss mit Sitzen. Wir mussten aufstehen und unseren Sitzplatz bzw. die Sitzplätze zugunsten der Senioren räumen. Zumindest wurden wir dann meistens für unser zuvorkommendes, rücksichtsvolles Verhalten gelobt. Das war ein kleiner Trost und erleichterte uns die Weiterfahrt im Stehen.

Wir werden alle nicht jünger, nur älter. Und dies jeden Tag, ob wir es wollen oder nicht. Dieses Älterwerden zeigt sich in der Regel an der Haarfarbe, sofern man auch im Alter noch über eine Haarpracht verfügt, und an der Art und Weise, wie man sich auf seinen zwei Beinen fortbewegt. Leichtfüßig, gewandt und zielstrebig oder eher nach vorne gebeugt, unsicher und wackelig. Natürlich gibt es auch noch andere Faktoren, nach denen unsere Mitmenschen unser Alter und unsere Fitness beurteilen.

Heute gehöre ich zur Gruppe der Menschen im sogenannten fortgeschrittenen Alter. Ich bin noch recht gut zu Fuß und meine Haarpracht ist zu meiner Zufriedenheit noch voll und dicht. Mein Coiffeur ist immer des Lobes voll, wenn er sich mit Kamm und Schere auf meinem Kopf vergnügen kann. „Super, da gibt es wenigstens

---

34 So geschehen in einem Basler Tram am 12.01.2023

noch etwas wegzuschneiden. Sie werden nie eine Glatze haben. Ihr Haarwuchs ist viel zu dicht. Sie müssen sich wirklich keine Gedanken machen." Das zu hören ist wie Balsam auf meiner Seele. Ich habe Freude an meinem Haarwuchs. Meine Haare wachsen einfach so, ich muss gar nichts Besonderes dafür tun. Und dies ist schon seit Jahren so. Nur: Meine Haupt-Haarfarbe ist eben nicht mehr dunkelbraun, sondern grau-weiß. Und da ich meine Haare auf keinen Fall färben will, bleibt dies auch so. Mit allen Konsequenzen.

Letztens fuhr ich mit dem Tram von Riehen nach Basel. Es war außerhalb der Stoßzeiten und es waren deshalb auch viele Sitzplätze frei. Ich zog es dennoch vor, während der Fahrt zu stehen, da ich bereits den ganzen Nachmittag sitzend in einem Restaurant verbracht hatte. Plötzlich schauten mich zwei Kinder an und fragten, ob ich mich setzen wolle, und erhoben sich bereits von ihren Plätzen. „Nein, danke", sagte ich, „sehr nett von euch, aber ich will lieber stehen." Kaum gesagt, fragte mich eine junge Frau ebenfalls, ob ich mich setzen wolle. Sie schaute mich an, als ob sie Mitleid mit mir hätte. Meine Antwort war wiederum dankende Ablehnung. Zugleich konnte ich es mir nicht verkneifen, sie zu fragen, ob ich denn bereits so alt aussehen würde. Sie gab mir keine Antwort, sondern schaute ob meiner Frage etwas überrascht und beschämt weg.

Es war nicht das erste Mal, dass ich in einem öffentlichen Verkehrsmittel solche Situationen erlebte. Ich gehe deshalb davon aus, dass mein Umfeld mich wahrscheinlich älter einschätzt, als ich es tatsächlich bin. Keine Ahnung, ob dies wirklich so ist. Es ist eine reine Annahme. Sei es, wie es ist, ich steuere auf meinen 66. Geburtstag zu. Jeden Tag komme ich diesem Schnapszahl-Geburtstag etwas näher. Dies kann ich nicht verhindern, auch nicht mit Haarefärben. Und jeden Tag nehme ich bewusster wahr, wie wichtig es ist, jeden Tag zu genießen und sich mit einem gesunden Lebenswandel fit zu halten. Auf diese Weise kann ich hoffentlich noch lange Zeit die Frage „Wollen Sie sitzen?" mit „Nein, danke" beantworten.

***

Vermisstenmeldung

*Gesucht wird seit dem 16. März 2020[35] der gesunde Menschen-
verstand. Dieser gilt ab diesem Datum als spurlos verschwunden. Alle bisherigen Suchaktionen sind leider im Sand verlaufen.
Deshalb wendet sich nun die Regierung des Landes mit einem
Aufruf an die gesamte Schweizer Bevölkerung:*

„Helfen Sie mit, den gesunden Menschenverstand wieder zu finden!"

*Der gesunde Menschenverstand ist zwar schon sehr alt, aber im-
mer noch rüstig und aufgeweckt. Er trug bei seinem Verschwin-
den unsichtbar machende Kleidung, was dessen Auffinden natürlich ungemein erschwert. Sachdienliche Hinweise über den
Verbleib des gesunden Menschenverstandes nimmt jede Polizei-
dienststelle oder die Notrufnummer 117 sehr gerne entgegen.
Aufgrund der aktuellen weltpolitischen Lage hoffen wir instän-
dig auf ein rasches Wiederauftauchen beziehungsweise Wiederfinden des gesunden Menschenverstandes. Er ist unbewaffnet
und dürfte wegen des langwährenden Nichtgebrauchs etwas ver-
wirrt sein. Es wird deshalb um schonendes Anhalten gebeten.
Wir danken der Schweizer Bevölkerung für ihre tatkräftige
Mitarbeit und Unterstützung der Behörden in dieser
schwierigen Situation.
Für Hinweise, die zur Auffindung des gesunden Menschenverstandes beitragen, hat die Schweizerische Eidgenossenschaft eine
Belohnung von 100 Bitcoins ausgesetzt.
Selbstverständlich steuerfrei!*

***

---

35 Beginn des Corona-Lockdowns in der Schweiz

25

Zimmer mit Aussicht[36]

„Ich genieße mein Zimmer mit Aussicht", teilt Marie-Louise jedes Mal erfreut denjenigen Personen mit, die sie im Altersheim besuchen kommen. Das Altersheim ist seit einigen Monaten das neue Zuhause von Marie-Louise. Da die Beine ihren Dienst immer mehr versagten, konnte Marie-Louise nicht mehr in ihrer kleinen Wohnung in Köniz bleiben. Sie war auf einen Rollstuhl angewiesen und der Pflegebedarf war schlussendlich nicht nur für die Familie, sondern auch für die Spitex[37] zu groß. Für das Wohnen musste eine andere Lösung gefunden werden. Viele Optionen gab es allerdings aufgrund der stark eingeschränkten Mobilität nicht und Marie-Louise hat sich deshalb, wenn auch schweren Herzens für den Umzug in ein Altersheim entschieden.

Mittlerweile hat sich Marie-Louise recht gut ans Leben im Seniorensitz und auch ans Fortbewegen mit dem Rollstuhl gewöhnt. Sie ist immer guter Dinge und hat als gebürtige Walliserin auch ihren Humor und ihr Lachen nicht verloren. Das Pflegepersonal weiß dies sehr zu schätzen und ist dankbar, dass Marie-Louise eine sogenannt pflegeleichte Bewohnerin ist.

---

36 Marie-Louise, meine liebe Schwiegermutter, wohnte ca. 1,5 Jahre im Altersheim Tilia in Köniz. Von ihrem Zimmer aus hatte sie eine sehr schöne Weitsicht. Sie saß oft in ihrem Rollstuhl am Fenster und genoss die Aussicht.

37 Spital-externe Hilfe und Pflege

An diesem sonnigen, klirrend kalten Wintertag manövriert sich Marie-Louise geschickt mit ihrem Rollstuhl an das große Fenster ihres Zimmers und genießt die wunderbare Weitsicht auf die vor ihr liegende herrliche, verschneite Landschaft. Bäume, Tannen, große und kleine Sträucher aller Art sind von einer feinen, weißen Schnee- und Eisschicht überzogen, glitzern und funkeln im grellen Sonnenlicht des frühen Nachmittags. Von ihrem großen Panoramafenster aus sieht Marie-Louise direkt auf einen kleinen Badesee, einem bekannten Ausflugsziel der Region. Im Winter ist der See zugefroren. Das Eis ist allerdings nicht dick genug und somit auch zu wenig tragfähig, um darauf spazieren oder gar Schlittschuhlaufen zu können.

Mit sage und schreibe 89 Jahren ist Marie-Louise immer noch bei guter Gesundheit und – trotz ihrer leichten Demenz – auch geistig voll aufnahmefähig. Marie-Louise ist kontaktfreudig und hat gerne Besuch. Ihre Augen verrichten ihren Dienst immer noch bestens und sie benötigt keine Brille, um zu erkennen, was sich jeweils im Park rund um den Badesee abspielt. Dank dieser erstaunlich guten Sehschärfe kann Marie-Louise, wenn auch ein wenig verschwommen, am heutigen Wintertag den Fahrzeug-Parkplatz erkennen, der etwa 500 Meter hinter dem Badesee liegt. Heute stehen nur ein paar wenige Autos dort. „Ja, ja, bei dieser Kälte bleiben die Menschen lieber zu Hause im Warmen", murmelt Marie-Louise und denkt dabei auch an die Pandemie zurück, in der der Slogan „Bleiben Sie zu Hause" beinahe tagtäglich in aller Munde war.

An schönen Wochenenden und lauen Sommerabenden kommen die Menschen immer in Scharen, um sich im kühlen Seewasser zu erfrischen und sich anschließend auf der umliegenden Wiese in der Sonne zu rekeln. Die Bäume und Sträucher spenden an heißen Sommertagen genügend Schatten. Zudem laden verschiedene Picknick- und Grillstellen zum gemütlichen Verweilen und geselligen Beisammensein ein. Doch jetzt, mitten im Winter und bei dieser Kälte, kann man die Menschen, die zum Spazieren hierherkommen, an einer Hand abzählen.

Marie-Louise verfolgt vom Fenster aus mindestens einmal täglich gespannt und voller Interesse das bunte Treiben im und rund um den Badesee. Sie kann immer wieder Interessantes, Neues oder manchmal auch Kurioses beobachten. Ein wunderbarer Zeitvertreib, wenn man auf einen Rollstuhl angewiesen ist und sich nicht mehr nach Belieben fortbewegen kann.

Trotz der äußerst bescheidenen Anzahl Personen, die sich heute bei Minustemperaturen rund um den Badesee befinden, schaut Marie-Louise aus ihrem Fenster mit Aussicht. Was kann sie wohl heute beobachten? Plötzlich fällt ihr Blick auf einen kleinen Jungen, der vom Parkplatz herkommend in Richtung des zugefrorenen Badesees rennt. „Was macht denn der Kleine so ganz allein hier, wo sind seine Eltern?", fragt sich Marie-Louise. Sie sieht, wie der Junge zielstrebig in Richtung Badesteg läuft. Dort angekommen, sprintet er auf dem rund ein Meter breiten Holzsteg weiter. Der Kleine scheint sich jedoch nicht der Gefahr bewusst zu sein, dass die Holzbretter des Stegs aufgrund der tiefen Temperaturen äußerst glitschig, ja eisig sind. Und so kommt, was kommen musste. Der Junge rutscht aus und fällt vom Badesteg auf die Eisdecke des zugefrorenen Sees. Das dünne Eis vermag jedoch das Gewicht des herabstürzenden Jungen nicht zu tragen und bricht teilweise ein. Das Kind steckt nun bis zur Brust im eiskalten Wasser. Gott sei Dank kann er sich gerade noch mit einer Hand an der kurzen Metallleiter am Ende des Badestegs festhalten. Mehr geht nicht. Es fehlt ihm schlicht die nötige Kraft. Marie-Louise sieht, dass der Junge sich äußerst verängstigt und mit offenem Mund nach Hilfe umschaut. Sie weiß nicht, ob er dabei auch Hilferufe von sich gibt. Marie-Louise kann nichts hören, da die Fenster ihres Zimmers geschlossen sind. Aufgrund dieser lebensbedrohlichen Situation für den Jungen ruft Marie-Louise geistesgegenwärtig und aus voller Kehle: „Hilfe, Hilfe!" Sofort kommt eine der Pflegerinnen angerannt, die das Schlimmste befürchtet. „Um Himmelswillen, Frau Glauser, was ist los!?", fragt sie die völlig aufgelöste Marie-Louise. „Ein kleiner Junge ist soeben am Ende des

Stegs in den gefrorenen Badesee gefallen", stößt Marie-Louise mit Schrecken hervor. Die Pflegerin springt ans Fenster und sieht sofort den Jungen, der sich dank der dünnen Eisschicht und der Leiter immer noch mit Mühe und Not an der Wasseroberfläche hält. „Oh, mein Gott!", entfährt es ihr. Ohne lange zu überlegen, spurtet die Pflegerin aus dem Zimmer und hastet die rund 60 Treppenstufen vom sechsten Stock bis ins Erdgeschoss des Altersheims hinunter.

Bereits nach wenigen Minuten kann Marie-Louise von ihrem Fenster aus verfolgen, wie die Pflegerin und ein jüngerer Mann dem Jungen zu Hilfe eilen und ihn mit vereinten Kräften aus dem eiskalten Wasser des Badesees ziehen. Marie-Louise ist froh und dankbar. Der Pechvogel konnte gerettet werden. Sie sieht, wie sich eine kleine Gruppe Menschen rund um den Jungen bildet, der nun rasch ins warme Gebäude des Altersheims getragen wird. Die Gruppe verschwindet bald aus ihrem Blickfeld. Marie-Louise lehnt sich erleichtert in ihrem Rollstuhl zurück und wartet. Die Pflegerin wird sich sicher bei ihr melden und erzählen, wie alles vor sich gegangen ist.

Nach etwa zwanzig Minuten öffnet sich eine der Lifttüren des sechsten Stockwerks. Marie-Louise sieht, dass die Pflegerin in Begleitung einer jungen Frau aussteigt. An der Hand hält die Mutter ihren Jungen, der in viel zu große Kleidungsstücke eingepackt ist, jedoch verschmitzt und verstohlen lächelt. Jolanda Meier, so heißt die Mutter des Jungen, bedankt sich ganz herzlich und überschwänglich bei Marie-Louise. Der kleine David, so der Name des geretteten Jungen, drückt Marie-Louise zum Dank mit einem Lächeln einen dicken Schmatz auf die rechte Backe. Marie-Louise freut sich natürlich sehr, dass auch sie etwas zur Rettung von David beitragen konnte. Bei einem Kaffee im Speisesaal des Altersheims erzählen sie Marie-Louise, was sich genau zugetragen hatte. Anschließend verabschieden sie sich mit einem „Nochmals vielen Dank! Gott sei Dank waren Sie zur richtigen Zeit am richtigen Ort!"

Als Marie-Louise und die Pflegerin wieder allein im Zimmer sind, meint Marie-Louise mit einem Lächeln: „Wie gut ist es doch, ein Zimmer mit Aussicht zu haben, nicht wahr?"

***

„Wunder gibt es immer wieder.
Heute oder morgen können sie gescheh'n.
Wunder gibt es immer wieder
wenn sie dir begegnen musst du sie auch sehen!"[38]

Ja, es gibt sie, diese Wunder, echt! Sie geschehen vor unseren Augen, wir müssen sie nur öffnen!

***

38 In der Version von Katja Ebstein war das Lied „Wunder gibt es immer wieder" der deutsche Beitrag zum Eurovision Song Contest 1970, wo er den dritten Platz belegte.

26

New York - not guilty!

Im Spätherbst 1986 war ich mit einem sehr guten Freund zum zweiten Mal in New York. Wir fuhren mit unserem Mietfahrzeug von Norden her in die Großstadt ein. Wir hatten diese tolle und lebhafte, nie schlafende Stadt[39] als Endstation unserer abwechslungsreichen, gut einmonatigen Reise durch Kanada und New England ausgewählt. Wir fuhren in den Stadtteil Manhattan und suchten dort nach einem Hotel, in dem wir für die restlichen Tage übernachten konnten. Schließlich fanden wir ein Hotel, das uns von der Lage her sehr zusagte. Also parkierten wir unseren Mietwagen vor dem Hotel, schlossen das Auto ab und gingen in die Lobby. Wir wurden bald bedient und konnten ein Zimmer für zwei Personen reservieren. Wir waren froh, dass wir so rasch ein gutes Hotelzimmer mitten in Manhattan gefunden haben und freuten uns auf die kommenden Tage. Super beziehungsweise just great!

Wir verließen das Hotel und wollten zu unserem Auto zurück. Doch – da war weit und breit von unserem Wagen nichts mehr zu sehen. Wir waren sprachlos. Wir waren allerhöchstens zehn Minuten an der Hotel-Lobby, und während dieser kurzen Zeit hat jemand unser Auto geklaut. Ja, wir dachten natürlich zuerst an Diebstahl. Gott sei Dank hatten wir stets alle wichtigen Dokumente und das Bargeld bei uns. Fotoapparate und Filmkame-

---

39 Frank Sinatra sang in seinem Riesenerfolg „New York, New York" davon, dass diese Stadt nie schlafen würde. Dies kann ich übrigens aus eigener Erfahrung klar bestätigen.

ra, Kleider, Souvenirs usw. waren im Auto und somit weg. Was tun? Wir kehrten an die Lobby zurück und erzählten einem der Assistenten, dass soeben unser Auto vor dem Hotel gestohlen worden sei. „No, no guys", sagte uns der Assistent, „da draußen gilt striktes Parkverbot und euer Fahrzeug wurde abgeschleppt. Habt ihr das Verbotsschild nicht gesehen?" – „Was? Abgeschleppt in so kurzer Zeit? Wie ist dies möglich?", fragten wir verdutzt. „In New York gibt es zahlreiche Abschlepporganisationen, welche darauf spezialisiert sind, falsch parkierte Fahrzeuge sofort und innerhalb kürzester Zeit abzuschleppen", antwortete der Mann an der Lobby mit einem verschmitzten Lächeln. Uns war momentan nicht zum Lachen, nicht einmal zum Lächeln.

Ein Taxifahrer konnte uns die Auskunft geben, zu welcher Halle für abgeschleppte, falsch parkierte Autos unser Fahrzeug wahrscheinlich gebracht worden war. Er hat uns dorthin gefahren und siehe da, unser Mietauto stand tatsächlich auf einem der Parkplätze in der riesigen Halle. Ein Angestellter sagte uns, dass wir 250 US-Dollar bezahlen müssten, um unser Fahrzeug sozusagen freikaufen zu können. 250 US-Dollar! Das waren damals rund 400 Schweizer Franken. Wir fragten, ob es da nicht eine andere Lösung geben würde, schließlich haben wir als brave Schweizer Touristen nicht realisiert, dass wir unser Gefährt in einem Parkverbot abgestellt hatten. Der Angestellte erklärte uns, dass wir unseren Fall vor einen Richter für Verkehrsdelikte tragen könnten. Und genau dies wollten wir in dieser Situation tun. Wir kannten New York schon zu großen Teilen, da wir beide bereits 1984 für eine Woche in dieser Weltstadt gewesen waren. Also entschieden wir, dass wir unser Verkehrsdelikt mit einem Richter verhandeln wollten. Schließlich ging es um 250 US-Dollar. „Also los, versuchen wir es zusammen. Starten wir dieses neue Abenteuer in New York."

Per Taxi fuhren wir zum Justizgebäude für Verkehrsdelikte in Manhattan. Dort angekommen, meldeten wir uns am Empfang und unser Anliegen wurde aufgenommen. Anschließend

mussten wir in einem kleinen Saal warten, bis mein Name über
Lautsprecher aufgerufen wurde. Bereits nach knapp 30 Minuten war es so weit. Mein Name ertönte aus dem Lautsprecher
und wir sollten uns in das ebenfalls ausgerufene Richterzim-
mer begeben. Wir klopften an die Tür, traten ein und standen
in einem kleinen Raum vor dem Einzelrichter, der in leicht er-
höhter Position auf einem Stuhl saß. Wir mussten die Hand auf
eine Bibel legen und schwören, dass wir die Wahrheit und nichts
anderes als die Wahrheit sagen würden. Wir schworen es und
mussten uns setzen. Dann verlangte der Richter von mir, unser Anliegen zu schildern. Er hörte aufmerksam zu, stellte uns
verschiedene Fragen, die wir alle ruhig und möglichst wahr-
heitsgetreu beantworteten. Hauptthema war, weshalb wir die
Parkverbotstafel nicht gesehen hätten. Wir erklärten dies mit
unserer Unerfahrenheit, in Manhattan mit einem Auto unterwegs zu sein. Wir hätten uns insbesondere auf den Verkehr kon-
zentriert und die Verbotstafel schlicht und einfach nicht gesehen. Nach einer Weile lehnte sich der Richter in seinen Stuhl
zurück. Es folgte eine kurze Zeit der Ruhe, der Richter überleg-
te, schaute uns beiden in die Augen und sagte schließlich: „Not
guilty!" Gleichzeitig mit diesen befreienden Worten schlug er
mit einem kleinen Holzhammer auf sein Pult, um den Urteils-
spruch auch akustisch zu unterstreichen. Er händigte uns ein
von ihm unterschriebenes und abgestempeltes Dokument aus,
das uns gegenüber der Abschlepporganisation als Beweismittel
für unsere Unschuld diente. Wir bedankten uns in aller Form
beim Richter für seinen wohltuenden Entscheid und verließen
hohen Hauptes und mehr als zufrieden das Justizgebäude. Wir
hatten soeben 250 US-Dollar gespart. Wir gratulierten uns gegenseitig zu diesem Erfolg.

Mit einem Taxi fuhren wir wieder zur besagten Halle der Abschlepporganisation zurück. Wir erzählten auch dem Taxifahrer von unserem Erlebnis vor dem Einzelrichter. Er freute sich
ebenfalls mit uns. Wir hätten großes Glück gehabt, meinte
er. Normalerweise würden die Richter in solchen Fällen hart

bleiben und keine Ausnahme machen. Diese Aussage erfüllte uns noch mehr mit Stolz über unseren Sieg vor einem Gericht in New York.

Als wir dem Betreiber des Abschleppdienstes das Dokument des Richters mit dem Stempel „Not guilty" vorlegten, war dieser überhaupt nicht erfreut. Er blickte uns äußerst mürrisch an und wies uns an zu warten. Es werde jemand kommen, der uns zu unserem Auto begleiten und das Tor zur Ausfahrt öffnen würde. Wir bedankten uns und warteten. Die Warterei dauerte jedoch länger als der Termin beim Schnellverfahren vor Gericht. Erst nach nochmaligem Nachfragen und Drängen, wir waren ja nun offiziell „not guilty", also „unschuldig", begleitete uns endlich ein Angestellter gemächlichen Schrittes zu unserem Fahrzeug und öffnete das Ausfahrttor. Vor dem Wegfahren prüften wir allerdings, ob all unsere Sachen noch im Wagen waren. Vertrauen ist gut, Kontrolle ist besser.

Als wir mit unserem Auto wieder frei und unbeschwert in den Straßen Manhattans unterwegs waren, schrien wir vor Freude. Super, das haben wir toll gemacht und zusammen geschafft. Wahrscheinlich werden wir nie wieder in unserem Leben vor einem amerikanischen Richter stehen.

Die 250 US-Dollar, die wir auf diese Weise eingespart hatten, investierten wir genüsslich in ein ausgezeichnetes Abendessen in einem Spitzenrestaurant in Manhattan. Das „Not guilty" in New York musste einfach gebührend gefeiert werden!

∗∗∗

„Im Frühtau zu Berge wir gehn, fallera,
es grünen die Wälder, die Höhn, fallera."
Unser Refrain lautete: „Wir sind hinausgegangen,
den Sonnenschein zu fangen,
kommt mit und versucht es doch auch einmal.
Wir sind hinausgegangen, den Sonnenschein zu fangen,
kommt mit und versucht es doch auch einmal."[40]

Dieses Lied sangen wir aus voller Kehle auf dem Weg zu einer Post-autostation während unserer Ferien in Buchen bei Thun. Unse-re Wohnungsnachbarin in Riehen, Frau Reichen, die mit uns in den Ferien weilte, hat ebenfalls kräftig mitgesungen. Das Post-auto kam um die Kurve, hielt an der Haltestelle und die vordere Tür öffnete sich zum Einsteigen. Beim Einsteigen hat dann Frau Reichen spontan und mit einem Schmunzeln auf den Lippen den Refrain des oben erwähnten Liedes in leicht angepasster Form wie folgt gesungen:
„Wir sind hinausgegangen, den Chauffeur einzufangen,
kommt mit und versucht es doch auch einmal.
Wir sind hinausgegangen, den Chauffeur einzufangen,
kommt mit und versucht es doch auch einmal."

Wir waren total überrascht von dieser Gesangseinlage von Frau Rei-chen und mussten alle lachen über ihre dichterischen Fähigkeiten. Insbesondere der Postautochauffeur, der vor lauter Lachen vergaß, das „Dü-Da-Do" vor der nächsten engen Kurve ertönen zu lassen.

∗∗∗

---

40 Der korrekte Refrain lautet: „Wir wandern ohne Sorgen singend in den Morgen, noch eh im Tale die Hähne krähn. Wir wandern ohne Sorgen singend in den Morgen, noch eh im Tale die Hähne krähn."

117

27

You're a hero

Eine Kreuzfahrt, die ist lustig! Ja, auf jeden Fall, und sie ist auch voller Überraschungen! Im August 2010 waren wir als Familie zehn Tage mit der Costa Victoria, einem kleineren Kreuzfahrtschiff[41], auf hoher See bzw. im Mittelmeer unterwegs. Die Route führte uns von Venedig über Ancona, Santorini, Mykonos, Athen, Korfu und Dubrovnik zurück nach Venedig. Ein tolles und unvergessliches Erlebnis für uns alle. Während der gesamten Reise begleiteten uns wunderbarer Sonnenschein und angenehme Temperaturen. Auch kulinarisch wurden wir beziehungsweise unsere Gaumen verwöhnt. An jedem Abend wurde außerdem eine fantastische Show dargeboten; wir haben und wollten keine verpassen. Wir haben während dieser Kreuzfahrt in kurzer Zeit äußerst viele neue Eindrücke rund um das Mittelmeer gewonnen.

In Athen hatten wir ein mir bleibendes Erlebnis mit einem Taxifahrer. Sein Name war Lucky. Ein spezieller Name für einen griechischen Taxifahrer. In den kommenden Stunden habe ich jedoch immer mehr begriffen, wie gut der Name „Lucky" zu unserem Taxifahrer passte. Wir lernten den rüstigen, rund 60 Jahre alten Griechen kennen, als wir am Hafen von Piräus ei-

---

41 Dieses schöne, nicht allzu große Costa-Kreuzfahrtschiff bot Platz für rund 2500 Passagiere plus Personal. Das Highlight war die sehr große, offene Heck-Terrasse, auf der wir häufig tagsüber beim Essen eine wunderbare Aussicht auf das Meer und die Küstenlandschaften genießen konnten.

nen Taxifahrer suchten, der uns in der zur Verfügung stehenden Zeit möglichst viele Sehenswürdigkeiten dieser historischen Großstadt zeigen konnte. Lucky war der einzige Taxifahrer, der sich bereit erklärte, uns alle zusammen in sein Taxi einsteigen zu lassen. Damals hatten die Taxifahrer in Athen die Vorgabe, die maximale Anzahl von vier Personen pro Taxi zu respektieren. Wer sich nicht daran hielt und erwischt wurde, riskierte eine saftige Buße. Dieses Risiko wollten die Taxifahrer nicht eingehen. Nichtsdestotrotz bestanden wir darauf, zusammenzubleiben und uns als Familie nicht auf zwei Taxis aufzuteilen. Schließlich näherte sich uns besagter Lucky und erklärte sich bereit, uns alle fünf zusammen in sein Taxi einsteigen zu lassen. Wir waren froh, dass wir endlich ein Taxi mit Fremdenführer gefunden hatten. Lucky fuhr uns zuerst zu einem kleinen Laden, in dem wir Getränke kaufen konnten, da sich ein heißer Tag ankündigte. Anschließend fuhr uns Lucky zur Akropolis. Die Fahrt von Piräus zur Akropolis nahm einige Zeit in Anspruch, war jedoch sehr kurzweilig. Lucky erzählte uns in gutem Englisch sehr viel über Athen und seine Familie. Er sagte uns, dass er verheiratet sei und seine Frau und er zusammen eine erwachsene Tochter hätten, die immer noch zu Hause leben würde. Die Wohnungssituation in Athen sei sehr prekär. Ihre Tochter hätte Mühe, eine geeignete, bezahlbare Wohnung zu finden. Mit einem Lächeln sagte er uns, dass er mit zwei Frauen unter einem Dach mehr als genug habe. Das sei für ihn höchst anstrengend und nervenaufreibend. Als er dies gesagt hatte, wandte sich Lucky mir zu und meinte: „Und du, Rolf, du lebst mit vier Frauen zusammen in einer Wohnung. Wie machst du das nur? Rolf, du bist ein Held!" Wir mussten alle herzhaft lachen, als wir dies gehört hatten, ich natürlich besonders. Seine Aussage „Rolf, you're a hero!" war Balsam auf meiner Seele. Seither musste ich schon viele Male an diese lustige Aussage unseres Taxifahrers Lucky zurückdenken.

Dank Lucky haben wir in ein paar Stunden die wichtigsten Sehenswürdigkeiten in Athen entdecken und bestaunen können.

Nach der sehr eindrücklichen Besichtigung der Akropolis führte uns Lucky zu weiteren sehenswerten Stationen in Athen. Wir waren alle sehr beeindruckt von dieser abwechslungsreichen Stadt. Pünktlich brachte uns Lucky mit seinem Taxi wieder an den Hafen von Piräus zurück, wo wir uns bei ihm herzlich bedankten und uns verabschiedeten. Von unserem Kreuzfahrtschiff Costa Victoria trennte uns nur ein kurzer Fußmarsch. Wir schauten uns immer wieder nach ihm um und winkten ihm zu, bis er in der Ferne verschwand.

Obwohl der Kontakt mit Lucky nur ein paar Stunden gedauert hatte, wird er eine der Personen bleiben, die ich nie vergessen werde. Noch heute höre ich ihn mit einem verschmitzten Lächeln sagen: „You're a hero!"

***

Sommerzeit, Ferienzeit, Freizeit.
Sommer, Hoch-Sommer, Hitze-Sommer!
Alle Jahre wieder, stets länger und unerbittlicher.
Warm, wärmer, zu warm,
heiß, heißer, zu heiß.
Es läuft der Schweiß.
Man fühlt sich schlaff
und nicht mehr tough.
Kleider kleben auf der Haut.
Wir rufen nach Erfrischung laut.
Kaltes Wasser, kühler Schatten, wohltuendes Lüftchen.
Plötzlich wird der Mensch bescheiden.
Welch positive Seiten!

***

28

Föhnsturm-Phobie

Auch im Juli 2023 rollt eine Hitzewelle über die Schweiz. Die meisten Menschen leiden unter den für unser Land sehr hohen Temperaturen. Vielerorts kühlt es auch nachts nicht merklich ab. Also liegt der Entscheid nahe, ein bisschen Frische in der Höhe zu suchen. Gesagt getan. An einem Samstag gegen Mittag gondeln meine Frau, eine unserer Töchter und ich mit der Seilbahn zusammen mit zahlreichen anderen Touristen zur Bergstation des Oeschinensees hinauf. Dort oben angekommen, empfängt uns ein zügiger Bergwind, allerdings nicht gerade erfrischend. Temperaturmäßig entspricht der Wind eher einer Vorstufe zu einem Wäschetrockner. In der Hoffnung, die gewünschte Abkühlung beim Oeschinensee zu finden, laufen wir zügigen Schrittes dem Bergsee entgegen. Nach rund einer halben Stunde erblicken wir bereits unser Ziel, den Oeschinensee. Dieser liegt auf etwas mehr als 1500 Metern Höhe über dem Meeresspiegel und ist mit seiner Fläche von gut 1,1 Quadratkilometern einer der größeren Schweizer Bergseen.

Meine Frau stellt beim Anblick des Sees sofort fest, dass auch dieser in der letzten Zeit kräftig geschwitzt haben musste. Der Seespiegel ist nämlich im Vergleich zu vor zwei Jahren, als wir das letzte Mal hier oben waren, beträchtlich gesunken. Wo vorher zahlreiche Bäche von den umliegenden Bergen herab den See mit viel frischem Nass gefüllt hatten, sind es heute nur noch vereinzelte Bächlein, um nicht zu sagen Rinnsale, welche die Felsen herunterrieseln und versuchen, den Bergsee am Leben zu erhalten.

29 Grad zeigt das Thermometer auf dem iPhone unserer Tochter an, 29 Grad auf über 1500 Metern Höhe! Unglaublich – und wir wollten doch der Hitze entfliehen … Nicht erfüllt! Zum Trost sagen wir uns einfach, dass es unten in der Ebene mit Sicherheit ein paar Grad heißer ist. In einem der Bergrestaurants mit großer Terrasse suchen wir uns einen Tisch im Schatten. Da die wenigen Schattenplätze nahe der Hauswand des Bergrestaurants bereits alle besetzt sind, machen wir es den anderen Touristen nach und öffnen einen der zahlreichen Sonnenschirme. Wir setzen uns erfreut an den Tisch und suchen nach der Speisekarte. Die Freude am Schattenplatz ist von äußerst kurzer Dauer. Ein leicht aufgebrachter Mitarbeiter des Restaurants eilt auf die Terrasse und weist alle Gäste an, die Sonnenschirme sofort zu schließen. Den Touristen erklärt er dabei, dass hier oben eine Föhnsturm-Warnung herrsche und deshalb keine Sonnenschirme geöffnet werden dürften. Eine eventuelle starke Windböe könne die Sonnenschirme samt Sockel in die Luft wirbeln; dies birge eine große Verletzungsgefahr für die anwesenden Personen. Er sei verantwortlich und deshalb blieben alle Sonnenschirme während der Föhnsturm-Warnung geschlossen. Punkt, Schluss, Ende der Durchsage. Wir alle sind erstaunt über diese Ansage. „Föhnsturm-Warnung?" Was soll das jetzt wieder heißen? Es geht ein mehr oder weniger mittelschwacher Wind, einverstanden. Aber wo soll da wohl der Föhnsturm sein?

Der Zustand der Terrasse mit geschlossenen Sonnenschirmen hält nicht lange an. Verschiedene Touristen starten einen zweiten Versuch. Überall auf der Terrasse werden wiederum die Sonnenschirme geöffnet. Schatten ist auch hier oben angesagt und gesucht. Wir brauchen nicht lange zu warten und der besagte Mitarbeiter des Restaurants eilt erneut auf die Terrasse, diesmal schon eine Stufe genervter. Wiederum fällt mehrmals das Wort „Föhnsturm-Warnung". Und wiederum blicken die Touristen verständnislos herum und suchen wahrscheinlich mühsam nach Anzeichen eines Föhnsturms. Trotz aller Anstrengungen sind keine derartigen Vorboten zu spüren, weit und breit nicht. Unverständnis macht sich nun breit. Leidet dieser Mitarbeiter eventuell unter einer Föhnsturm-Phobie? Wir wissen es nicht, aber es wird sich nun vermehrt beschwert, nach dem Chef oder der Chefin verlangt. Einige Besucher verlassen genervt und mit einem Fluch auf den Lippen die Terrasse. Andere suchen das Gespräch mit den Verantwortlichen, weitere öffnen in der Zwischenzeit wiederum die Sonnenschirme zur dritten, vierten, fünften Runde.

Was für ein Treiben auf dieser Terrasse: Bewegung herrscht. Schirme gehen auf und zu, auf und zu, mal links, mal rechts. So geht das eine geraume Zeit hin und her und plötzlich – fertig! Der Mitarbeiter mag, kann oder darf wahrscheinlich nicht mehr. Vielleicht Befehl von oben, nicht vom Föhnsturm, sondern von seiner oder seinem Vorgesetzten. Die von den Touristen zum x-ten Mal geöffneten Sonnenschirme bleiben geöffnet. Niemand stürzt mehr auf die Terrasse, um die Schattenspender zu schließen. Am Schluss obsiegt auch hier oben in der wunderbaren Berglandschaft der gesunde Menschenverstand, welcher der großen Hitze trotzt. Der besagte Mitarbeiter hat die Waffen gestreckt, wahrscheinlich um seine bereits stark ramponierten Nerven zu schonen. Dies grenzt beinahe an ein kleines Wunder.

So thronen bei unserem Weggang von diesem beschaulichen See alle Sonnenschirme in geöffneter Form auf der Terrasse des Restaurants und spenden den letzten Gästen den ersehnten Schatten. Doch nun, da die Sonnenschirme endlich ungestört geöffnet bleiben dürfen, hat die Sonne genug von diesem Treiben. Sie verzieht sich hinter die Wolken und die Schirme machen sich damit überflüssig.

Und was ist wohl mit dem Mitarbeiter des Restaurants passiert, welcher einen Teil seiner wertvollen Arbeitszeit zum Schließen von Sonnenschirmen und zu Kundenbeschwichtigungen aufwendete? Am Ende eines Märchens würde man wohl sagen: „Und wenn er nicht gestorben ist, dann wartet er noch heute auf den Föhnsturm."

***

Nach einer längeren Sitzung, in der wir zusammen mit anderen Teilnehmenden den Entwurf einer Weisung eingehend besprochen und überarbeitet hatten, ging ich mit meinem damaligen Chef in die Kaffeepause. Mit einem Seufzer setzte er sich an den Tisch und meinte: „Rolf, stell dir vor, die 10 Gebote würden von allen beachtet und eingehalten – dann könnten wir in unserem Land auf einen Großteil von Vorschriften, Reglementen, Weisungen usw. verzichten. Der Staat und die Administration würden entlastet und wir als Gesellschaft hätten weniger Kosten zu tragen."

Schön wäre es – die Hoffnung stirbt ja bekanntlich zuletzt!

***

29

Die treffsicheren Anfängerinnen

Während der obligatorischen Dienstpflicht gibt es für jeden
wehrpflichtigen Schweizer Subalternoffizier, Unteroffizier oder
Angehörigen der Mannschaft ein Ereignis, das sich jedes Jahr
wiederholt: das sogenannte „Obligatorische". Das „Obligatorische" ist das jährlich zu absolvierende Pflichtschießen, zu dem
die eingangs erwähnten Armee-Angehörigen außerhalb ihrer
Dienstzeit mit ihrer persönlichen Waffe zu einer Schießübung
antreten müssen. Diese Schießübung gilt es verpflichtend in einem der zahlreichen Schießstände unseres Landes zu erledigen.
Die Termine für das Absolvieren dieser obligatorischen Übung
werden, wie so vieles in der Schweiz auf kantonaler Basis fest-
gelegt. Es ist keine Voranmeldung erforderlich. Man wählt einen Schießstand aus, in dem das „Obligatorische" geschossen
werden kann, und begibt sich dann auf gut Glück an diesen Ort.
Wenn es an diesem Tag viele Schützen vor Ort gibt, muss man
sich etwas gedulden, bis man dann an der Reihe ist.

Ich bin dieser Aufforderung im Großen und Ganzen immer sehr
gerne nachgekommen, da ich ein guter Schütze war und während meiner militärischen Laufbahn bei verschiedenen Anläs-
sen einige Auszeichnungen, meistens in Form von Medaillen
entgegennehmen durfte.

Im Mai 1988 habe ich meine zukünftige Frau, Liselotte, kennengelernt. Es war Liebe auf den ersten Blick. Als ich Liselotte zum ersten Mal sah, hatte ich sofort weiche Knie; dies trotz
meiner damals sehr sportlichen Fitness. Liselotte öffnete mir
mit einem unbeschreiblichen Lächeln die Tür ihrer Wohnung

in Thörishaus und landete mit ihrer Ausstrahlung einen Voll-treffer in meinem Herzen. Als Schütze würde man von einer Muschä[42] sprechen. Der von Liselotte abgeschossene berühmte Pfeil Amors traf mich mitten ins Herz, mehr Mitte war nicht möglich. Damals hätte ich nie gedacht, dass Liselotte eben-falls eine gute Schützin ist. Diese Erfahrung machte ich aller-dings ein paar Wochen später.

Das jährliche „Obligatorische" stand wieder vor der Tür. Ein sehr guter Freund, Karl, hat mich gefragt, ob ich das militäri-sche Pflichtschießen im Schießstand seines Wohnortes Münt-schemier absolvieren wolle. Ich stimmte diesem Vorschlag so-fort zu. Liselotte hat mich dorthin begleitet. Auch Verena, eine Arbeitskollegin von Liselotte, und ihr Freund Fritz wollten bei diesem militärischen Anlass dabei sein.

Nachdem ich meine Schießübung zufriedenstellend abgeschlos-sen hatte, fragten mich Liselotte und Verena, ob sie ihr Glück einmal versuchen könnten. Beide hatten bisher noch nie ein Sturmgewehr 90 in den Händen und wollten diese Gelegen-heit nutzen. In einer Schnellbleiche[43] führte ich also Liselot-te in den Umgang und das Zielen mit dem Sturmgewehr 90 ein. Fritz tat dasselbe für Verena. Unsere Instruktionen blie-ben in diesem kleinen Schießstand natürlich nicht unbemerkt. Liselotte und Verena mussten sich einige Minuten zahlreiche Sprüche anhören. „Weißt du, wo die Scheibe ist?", „Halte das Sturmgewehr nicht verkehrt herum!", „Du musst die Augen offenhalten und auch beim Abdrücken nicht schließen." Und so weiter und so fort. Die beiden ließen sich jedoch nicht aus der Ruhe bringen. Schließlich legten sie sich auf dem Schieß-

---

42 Eine Musch, auch Muschä genannt, ist ein Volltreffer im Schieß-sport. Es bedeutet, dass der Treffer in der Wertung von 1 bis 100 bei über 96 Punkten liegt.
43 Kurze Instruktion in einer Sache

teppich in Position und gaben ruhig und gekonnt je drei Probeschüsse ab. Gestützt darauf justierten wir die beiden Sturmgewehre. Jetzt wurde es ernst für Liselotte und Verena. Ein Großteil der Anwesenden im Schießstand schaute gespannt zu. Die beiden ersten Schüsse fielen und Liselotte wie auch Verena hatten je eine Muschä geschossen. „Wow! Bravo!", entfuhr es mir. „Weiter so!", „Zufall", sagten andere. Doch sie hatten sich mehr als getäuscht. Liselotte und Verena schossen an diesem Samstagvormittag im Schießstand von Müntschemier eine Muschä nach der anderen. Unglaublich, aber wahr. Sogar die Zeiger[44] haben beim Personal telefonisch nachgefragt, wer denn hier so ausgezeichnet schießen würde.

Das erste, etwas abgekürzte „Obligatorische" war für die beiden Anfängerinnen ein durchschlagender Erfolg. Aus den anfänglichen Sprüchen der Anwesenden im Schießstand wurden Worte des Lobes. Ein volltrefferliches Erlebnis, an das wir auch heute immer wieder gerne zurückdenken. Insbesondere dann, wenn Liselotte anlässlich eines Jahrmarkts bei einer Schießbude abräumt.

---

44 Personen, die von einem Unterstand aus bei den Zielscheiben die Treffer mit verschiedenen Kellen anzeigten.

***

„Ä Summer ohni Kummer
isch wie ä Morge ohni z'Morge."[45]

Diese tiefgreifende Kurzpoesie ist das Gemeinschaftswerk einer Arbeitskollegin und eines Arbeitskollegen. Der Vers wurde an einem frühen Montagmorgen am Arbeitsplatz geboren und unmittelbar auf Papier verewigt.

***

---

45 Ein Sommer ohne Kummer ist wie ein Morgen ohne Morgenessen.

30

Gesunder Menschenverstand bodigt Strafbefehl

Im Juni 2015 waren meine Frau und ich mit einem Mietauto auf der Rückreise aus unseren herrlichen Ferien am noch herrlicheren Gardasee. Wir hatten uns entschlossen, wegen des Verkehrs nachts zu reisen, und kamen auf diese Weise sehr gut voran. Gegen 01.30 Uhr wollten wir uns an der Autobahnraststätte Deitingen, Kanton Solothurn, einen kleinen Imbiss gönnen, einen wohltuenden Kaffee trinken und dann unverzüglich die letzten Kilometer nach Neuenburg, unserem damaligen Wohnort, unter die Räder nehmen. Auf dem großen Rastplatz waren um diese Nachtzeit nur gerade zwei Fahrzeuge geparkt. Es herrschte also gähnende Leere. Der Einfachheit halber stellte ich unser Fahrzeug auf einem der beiden Behindertenparkplätze ab, die sich direkt vor dem Eingang zur Raststätte befanden. „So praktisch", dachte ich.

Doch die böse Überraschung ließ auch zu dieser späten Stunde nicht lange auf sich warten. Als wir nach kaum fünf Minuten zum Fahrzeug zurückkamen, steckte ein Strafzettel unter dem Scheibenwischer. Ich traute kaum meinen Augen und wusste im ersten Moment nicht, ob ich laut lachen oder explodieren sollte. „Es gibt nichts, was es nicht gibt", sagte ich zu meiner ebenfalls sehr erstaunten Gattin. Jetzt sahen wir das Polizeifahrzeug, welches in einer Distanz von etwa 100 Metern entfernt stand. Die beiden Beamten der Autobahnpolizei stiegen gerade in ihren Dienstwagen und es machte den Anschein, dass sie in Kürze losfahren wollten. Ich ging deshalb zügigen Schrittes auf die beiden Herren zu und kam rasch ins Gespräch. Ich erklärte ihnen, dass wir nur für sehr kurze Zeit unser Fahrzeug auf dem Behindertenparkplatz parkiert hatten. Beide Behindertenparkplätze seien frei gewesen und um diese Nachtzeit, 01.30 Uhr, würden wohl kaum zwei Behinderte mit ihren Fahrzeugen an dieser Raststätte parkieren wollen. Ich hatte schließlich den Eindruck, dass einer der beiden Herren für mein regelwidriges Parkieren Verständnis zeigen wollte. Der andere Herr, wahrscheinlich sein Vorgesetzter, war jedoch stur und hielt in polizeilicher Manier und Machtdemonstration an der ausgestellten Buße fest. Er wollte trotz all meiner Erklärungsversuche nicht davon abrücken. Letztendlich waren seine Geduld und Zeit am Ende und er brach das Gespräch abrupt ab. Die Situation sei klar, ich sei im Unrecht, die Strafe sei gerechtfertigt. Mit diesen Worten und einer ruckartigen Kopfbewegung nach vorne gab er seinem Fahrer zu verstehen loszufahren. Dieser stellte den Motor an und fuhr langsam los. Ich konnte den beiden Polizisten nur noch rasch zurufen, dass ich in dieser Sache Einspruch erheben würde. „Machen Sie das, aber dies wird nichts nützen. Die Sachlage ist klar", war die kurze, gehässige Antwort des Vorgesetzten.

Nach diesem für uns sehr unschönen Vorfall zum Abschluss unserer Ferien waren meine Frau und ich fest entschlossen, uns zu wehren und gegen die ausgesprochene Buße Einspruch zu erheben. So viel Paragrafenreitertum in Reinkultur um 01.30 Uhr schrie einfach zum Himmel. Wo blieb da der gesunde Menschenverstand?

Wir wendeten uns in einem ersten Schritt mit einem Schreiben an die Kantonspolizei des Kantons Solothurn. Wenige Tage später erhielt ich einen Telefonanruf eines Mitarbeiters. Er erklärte mir, dass die Kantonspolizei nicht die Kompetenz habe, die ausgesprochene Buße rückgängig zu machen. Wenn ich am Einspruch festhalten wolle, müsse ich mich an die Staatsanwaltschaft des Kantons Solothurn wenden. In diesem Fall müsse ich mir allerdings bewusst sein, dass bei einem ablehnenden Entscheid der Staatsanwaltschaft zusätzlich zur Busse von 150

Franken eine Gebühr von weiteren 100 Franken zu leisten sei. Ich bedankte mich für die erteilten Auskünfte. Für meine Frau und mich war es rasch klar, dass wir unseren Fall an die Staatsanwaltschaft weitergeben wollten.

Wir setzten uns also wieder an den Laptop und schrieben an die Staatsanwaltschaft Solothurn. Ich entschuldigte mich für mein Fehlverhalten und ersuchte gleichzeitig die Behörde, insbesondere der „Tatzeit 01.30 Uhr" gebührend Aufmerksamkeit zu widmen. Abschließend gaben wir in unserem Schreiben der Hoffnung Ausdruck, dass die Staatsanwaltschaft unseren Fall mit dem gesunden Menschenverstand im Kopf und nicht mit dem Strafgesetzbuch in der Hand beurteilt. Mit dieser Hoffnung im Herzen warf ich den Brief am nächsten Tag in einen Briefkasten ein. Nun konnten wir nur noch warten und Tee trinken. Mit Spannung blickten wir der Antwort der Staatsanwaltschaft entgegen. Diese hat uns nicht lange auf die Folter gespannt.

Bereits nach 14 Tagen erhielten wir den Entscheid der Staatsanwaltschaft per Post. Der Strafbefehl wurde zurückgezogen, die Buße wurde uns erlassen. Ebenso mussten wir keine Verfahrenskosten tragen. Wir waren über diesen Entscheid der Staatsanwaltschaft Solothurn hocherfreut und erleichtert. Selbstverständlich haben wir uns bedankt. Der gesunde Menschenverstand hat den Strafbefehl gebodigt. Unsere Intervention hat sich im wahrsten Sinne des Wortes ausbezahlt.

***

„Hasch' mich, ich bin der Frühling!"

Dies riefen die Mädchen uns häufig zu, wenn wir auf dem Schulhof die Pause mit Fangspielen verbrachten.

***

31

Postkunden warten auf Süßwasserkapitän

Herrliches Sonnenwetter mit entsprechenden Temperaturen herrschte in jenem Sommer des Jahres 1982 in Neuenburg. Als Deutschschweizer hatte ich damals die Gelegenheit, während meines Sprachaufenthalts verschiedene Poststellenleiter der Stadt Neuenburg über eine längere Zeitdauer zu vertreten. Im August 1982 konnte ich die kleine Postfiliale in La Coudre, einem schönen Wohnquartier der Stadt, leiten. Ich schätzte diese Funktion sehr, war ich doch auf diese Weise schon in jungen Jahren mein eigener Chef. Aufgrund dieser Selbstständigkeit konnte ich die anfallende Arbeit nach meinem Gusto einteilen und termingerecht erledigen. Zudem schätzte ich überaus den Kontakt mit den zahlreichen Kundinnen und Kunden. Ein weiterer, äußerst positiver Nebeneffekt für mich als Deutschschweizer war, bei dieser Tätigkeit mein Schulfranzösisch verbessern und aufmöbeln zu können, quasi ein Gratis-Intensivsprachkurs.

Eines Vormittags rief mich ein Freund an und fragte mich, ob ich heute Zeit und Lust hätte, den Mittag mit ihm zusammen auf dem See zu verbringen. Wir könnten ein Sandwich kaufen, mit dem Motorboot auf den See hinausfahren und uns bei einem Bad im kühlen Wasser des Neuenburger Sees erfrischen. „Tolle Idee", antwortete ich ihm. „Ich bin sehr gerne dabei." Ich freute mich auf die in Aussicht gestellte Abkühlung über Mittag, da die Sonne an diesem Tag sehr heiß vom Himmel strahlte. Kaum hatte es also 12 Uhr geschlagen, schloss ich die Zugänge zur Postfiliale sorgfältig ab und fuhr mit meinem Opel Ascona zum Hafen Nid-du-Crô. Mein Freund hatte das

Motorboot bereits startklar gemacht. Wir kauften im kleinen Hafen-Restaurant ein paar Sandwiches, etwas zu trinken und fuhren anschließend mit dem Motorboot auf die Seemitte hinaus. Es war einfach herrlich hier draußen. Nur Sonne, Wind, Wellen und ziemliche Ruhe. Nach dem Essen tauchten wir ins kühle Nass ein und erfrischten uns.

Wir hatten nicht viel Zeit, da wir beide nachmittags wieder arbeiten mussten. So fuhren wir bald wieder in Richtung Hafen zurück. Im Hafen angekommen, realisierte ich, dass wir uns in der Zeit verschätzt hatten. Ich müsste jetzt eigentlich die Poststelle für unsere Kundinnen und Kunden öffnen, war aber immer noch im Bootshafen. Mein Freund sagte mir, dass ich nur gehen solle, er würde sich allein um die Vertäuung des Boots kümmern. „Kein Problem, geh nur", sagte er.

Ich bedankte mich und machte mich auf die Socken. Ich rannte zu meinem Auto und fuhr so rasch ich konnte zur Postfiliale La Coudre. Bereits beim Parkieren sah ich, dass einige Kundinnen und Kunden vor dem Eingang zur Poststelle warteten. Sie konsultierten ihre Uhren und sahen sich fragend und schulterzuckend an. Ich rannte von meinem Auto zum Eingang der Postfiliale und entschuldigte mich als Erstes bei den wartenden Kundinnen und Kunden. Ich sagte ihnen frei heraus, weshalb ich zu spät war. Zu meinem Erstaunen gab es überhaupt keine negativen oder erzürnten Reaktionen. Alle Personen, die auf mich gewartet hatten, zeigten Verständnis und meinten sogar, dass ich Recht gehabt hätte, bei diesem Superwetter den Mittag auf dem schönen See zu verbringen. Diese überraschend positiven Reaktionen gründeten für mich im Charme der Westschweizerinnen und Westschweizer.

Ich öffnete so schnell wie möglich den Schalter und begann umgehend die geduldigen Kundinnen und Kunden zu bedienen. Sie mussten alle schmunzeln und bedankten sich für meine Ehrlichkeit und die Entschuldigung.

Von der damaligen Kreispostdirektion Neuenburg habe ich übrigens nie eine negative Rückmeldung oder eine Beschwerde zu meiner verspäteten Türöffnung der Postfiliale La Coudre erhalten.

***

„Im Namen Gottes des Allmächtigen!"

Mit diesen Worten beginnt die Präambel unserer Bundesverfassung aus dem Jahr 1848. In den vergangenen Jahren wurden sie schon mehrmals infrage gestellt. Ist dieser Satz noch zeitgemäß?

Ich habe zu dieser Frage eine klare Antwort: Ja, diese Eingangsworte zur Präambel „Im Namen Gottes des Allmächtigen!" sind immer noch zeitgemäß und wichtiger als je zuvor. Dies aus folgenden Überlegungen:

> *Gott ist allmächtig.*
> *Wir Menschen sind vergänglich.*
> *Er ist ewig und Er ist derselbe gestern,*
> *heute und in alle Ewigkeit.*
> *Er ist der Anfang und das Ende.*
> *Er ist Schöpfer von Himmel und Erde.*

Unsere Vorfahren haben in großer Weisheit den Inhalt unserer Bundesverfassung dem allmächtigen Gott unterstellt. Er allein weiß, was auf uns Menschen und unser Land zukommen wird. Als Schweizerinnen und Schweizer dürfen wir mit großer Dankbarkeit auf die Geschichte unseres Landes zurückblicken. Dies verdanken wir auch der Tatsache, dass in unserem Land zahlreiche Menschen an diesen allmächtigen und liebenden Gott glaubten und glauben und für unser Land im Gebet einstanden und auch heute noch dafür einstehen. Wir leben weltweit in unsicheren Zeiten, dafür braucht es keine Beweise. Gerade in solchen Zeiten ist es wichtig und überaus zeitgemäß, den Inhalt unserer Verfassung, das Wohl unseres Landes und seiner Bewohnerinnen und Bewohnern dem allmächtigen Gott zu unterstellen.

***

32

Samichlaus - Auf die Plätze - fertig - los!

Samichlaus ist die schweizerische Bezeichnung für den heiligen Nikolaus. Nikolaus-Tag ist der 6. Dezember. An diesem Tag bringt der Samichlaus den Kindern Nüsse, Früchte, Schokolade und andere Leckereien. Der Samichlaus macht vielerorts Hausbesuche bei Familien mit Kindern, in Vereinslokalen oder Seniorenresidenzen. Er trägt in der Regel einen rot-weißen, langen Mantel mit Kapuze, schwarze Stiefel und Handschuhe. Zum Samichlaus gehört zudem ein wuscheliger, weißer Bart, damit die Kinder nicht erraten können, welches Familienmitglied oder welcher Bekannte sich da als Samichlaus verkleidet hat. Der Samichlaus kündigt sein Kommen häufig mit einem kleinen Glöckchen an. Bei seinen Besuchen lobt er die braven Kinder oder Erwachsenen und tadelt mit einer Rute diejenigen, die ihr Benehmen noch verbessern müssen.

Man schrieb den 6. Dezember 1962. Ich war damals im zarten Alter von fünfeinhalb Jahren und besuchte mit Freude den Kindergarten in Riehen. An diesem Morgen fiel mir das besonders aufgeregte Verhalten meiner Kameradinnen und Kameraden im Kindergarten auf. Ich wusste nicht weshalb – noch nicht. Plötzlich hörte ich jemand rufen: „Heute kommt der Samichlaus zu uns in den Kindergarten." Und ein anderer rief zurück: „Ja, ich habe es auch gehört, ich freue mich darauf!" Bei mir löste jedoch das Wort „Samichlaus" eine komplett andere Reaktion aus. Keine Spur von „Freude herrscht" oder so. Im Gegenteil. Als ich das Wort „Samichlaus" hörte, zuckte mein ganzer Körper förmlich zusammen. Ein Riesenschreck durchfuhr in Sekundenschnelle die Glieder meines kleinen Körpers.

Ich hatte sofort nur noch einen Gedanken im Kopf: „Nichts wie weg von hier! Ab nach Hause. Und zwar unverzüglich!" Ohne der Kindergärtnerin oder einem meiner Kameraden etwas zu sagen, rannte ich mit meinen Hausschuhen, die ich bereits angezogen hatte, aus dem Kindergarten. Dabei hoffte ich zutiefst, nicht dem Samichlaus in die Arme zu laufen. Draußen war es kalt. In der Eile hatte ich meinen Wintermantel zwar angezogen, aber nicht zugeknöpft. Die kalte Luft durchdrang deshalb im Nu meinen Pullover und das Unterhemd und kühlte relativ rasch und unerbittlich meinen Oberkörper. Das war mir jedoch in dieser Situation völlig egal. Ich wollte einfach nur nach Hause und dies so rasch wie möglich auf dem direkten Weg. Ich legte meine gesamte Morgenenergie in meine kurzen Beine und rannte, so schnell ich konnte, in meinen Hausschuhen dem Elternhaus entgegen. Ich habe die Zeit nicht gestoppt, aber ich hatte bei diesem Samichlaus-Davonrennen klar einen persönlichen Streckenrekord an den Tag gelegt.

Zu Hause angelangt, klingelte ich wie von Sinnen an der Wohnungstür und konnte es kaum erwarten, dass meine Mutter die rettende Tür öffnete. Sie sah mich ganz erstaunt an und fragte mich, was ich denn hier machen würde und warum ich so außer Atem sei. Ich erzählte ihr die Geschichte mit dem Samichlaus, der heute zu uns in den Kindergarten komme. Diesen Samichlaus wollte ich keinesfalls so allein antreffen. Weiter kam ich in meiner Erzählung vorerst nicht. Vor lauter Erschöpfung und Angst musste ich mich im Badezimmer übergeben. Ich war fix und fertig. Es war schrecklich. Und daran war nur der Samichlaus schuld.

Etwas später erhielt meine Mutter einen Telefonanruf der besorgten Kindergärtnerin. Sie hatte realisiert, dass ich nicht mehr im Kindergarten war und nur meine Schuhe an meinem Garderobeplatz standen. Als sie dies festgestellt hatte, hat sie umgehend meine Mutter angerufen, die ihr alles erklärte. Die Kindergärtnerin sagte abschließend meiner Mutter, dass das

Geschenk des Samichlaus für mich im Kindergarten abholbe-
reit sei. Wir haben dieses Geschenk am Nachmittag abgeholt.
Diese Episode mit dem Samichlaus habe ich nie mehr vergessen. Heute lache ich darüber.

Jahre später als Familienvater schlüpfte ich dann selbst mehrmals in dieses rot-weiße Gewand mit Kapuze, versteckte mein Gesicht fast vollständig hinter einem weißen Bart und zog schwarze Stiefel und Handschuhe an. So verkleidet spielte ich viele
Male für unsere eigenen Kinder und später auch für die Kinder meiner Schwägerinnen und Schwager den Samichlaus. Dabei bemühte ich mich, den Kindern nicht allzu viel Angst ein-
zuflößen, was mir allerdings nicht immer gelang. Allein schon
meine große Statur und der imposante weiße Bart waren für
die Kinder stets ausreichend beängstigend.

Dennoch ist keines der Kinder jemals vor mir davongerannt. Damit steht mein damals im Kindesalter aufgestellter Streckenrekord im Davonrennen vom Samichlaus immer noch.

***

Spruch auf einer Holztafel über einer Zimmertür in der
Wohnung meiner Großmutter in Basel:
„Gott halt in Gnaden treue Wacht,
in diesem Hause Tag und Nacht."

Nach dem Tod meiner lieben Großmutter habe ich diese Holztafel als Erinnerungsstück ausgewählt. Das schöne Schild hängt
jetzt bei uns in der Wohnung über einer Zimmertür.

***

33

Mitternacht im Schwimmbad

In unserer Kindheit verbrachten wir als Familie unzählige Stunden und Tage in unserem schönen, naturnahen Garten. Dieser Garten in Riehen, genauer gesagt im Schlipf, war über Jahre an Wochenenden auch Treffpunkt der ganzen Verwandtschaft. Unsere Tanten und Onkel mütterlicherseits wohnten damals allesamt in der Stadt Basel. An sonnigen Wochenenden kamen sie immer wieder sehr gerne mit Kind und Kegel an diesen wunderbaren, naturnahen Ort, den insbesondere mein Vater hegte und pflegte. Für uns Kinder war dieser Fleck Erde ein kleines Paradies auf Erden. Die Möglichkeiten, in der Natur zu spielen und Neues zu entdecken, waren beinahe unbegrenzt. So verbrachten wir zahlreiche Momente in und am Bach, der gerade vor unserem Garten vorbeifloss. Mit unseren Gummibooten liefen wir den Bachlauf hinauf, beförderten an einer geeigneten Stelle die Boote ins Wasser, stiegen ein und ließen uns dann den Bach hinuntertreiben, bis wir wieder vor unserem Garten angelangt waren. Dort befestigten wir die Schlauchboote an einem Bootssteg, den wir selbst gebaut hatten, stiegen aus und das Ganze ging von vorne los. Ein toller Zeitvertreib, machten wir doch auf diese Weise immer wieder neue Entdeckungen im und am Wasser. Häufig kamen auch unsere Tanten und Onkel mit auf die Bootsfahrt. Sogar unsere Großmutter, die damals etwas über 60 Jahre alt war, ließ sich dieses kleine Abenteuer in der Natur nicht nehmen.

Ein weiteres Highlight für uns war das große Schwimmbad, das damals keine 200 Meter von unserem Garten entfernt war. Im Sommer hielten wir uns sehr oft in dieser Badeanstalt auf. Meine beiden Brüder und ich waren alle sehr gerne im Wasser. Wir fühlten uns wie Fische. Es erstaunt deshalb nicht, dass wir schon im frühen Kindesalter sehr gute Schwimmer und Taucher waren. Auch Kopfsprünge vom Einmeterbrett waren für uns eine Lappalie. Wir brachten ebenfalls unseren beiden Cousinen Elisabeth und Sibylle das Schwimmen bei.

In besonders warmen Sommernächten übernachteten wir sehr gerne in unserem Garten. Das Gartenhaus, welches mein Vater in Eigenregie aus Holz gefertigt hatte, bot sechs Personen Platz zum Schlafen. Wir Buben schliefen auf Liegebetten unter dem freien Himmel. Es war für uns immer wieder einzigartig, den herrlichen Sternenhimmel zu bewundern.

Aufgrund der Grenznähe zu Deutschland patrouillierten nachts Grenzwächter durch den Schlipf. Wir informierten deshalb den Zoll und die Grenzwächter immer im Voraus, wenn wir beabsichtigten, im Garten zu übernachten. Gleichzeitig machten wir sie bei dieser Gelegenheit darauf aufmerksam, dass wir uns um Mitternacht im Schwimmbad erfrischen werden. Mit diesem Vorgehen wollten wir unliebsamen Überraschungen vorbeugen und verhindern, dass uns die Grenzwächter für Schmuggler[46] hielten.

Das Übernachten in unserem Garten war immer wieder ein Erlebnis. Nach einem feinen Nachtessen vertrieben wir die Zeit mit Versteck- und Gesellschaftsspielen. Die Zeit verging immer wie im Flug. Gegen Mitternacht zogen wir dann unsere Badehosen an und verschafften uns wie üblich durch den eingangs erwähnten Bach, der ebenfalls die Badeanstalt durchquerte, Zutritt in das Schwimmbad. Dies war nicht ganz ungefährlich, da der Zugang vom Bach ins Schwimmbad mit Stacheldraht versperrt war. Doch mit vereinten Kräften und guter Zusammen-

---

46 Dies kam damals in diesem Grenzgebiet tatsächlich noch vor, insbesondere Zigarettenschmuggel.

arbeit schafften wir es immer wieder, auch dieses letzte Hindernis zu überwinden, auch wenn wir ab und zu ein paar Kratzer abbekamen.

Pünktlich um Mitternacht drehten wir dann alle kraulend oder brustschwimmend unsere Runden im kühlen Wasser des Schwimmbads. Selbstverständlich haben wir uns alle zuvor vorschriftsgemäß abgeduscht. Diese Mitternachtsschwimmen, inklusive ein paar Köpflern[47] vom Sprungbrett, dauerten in der Regel rund dreißig Minuten. Danach verließen wir wiederum gut abgeduscht und herrlich erfrischt das Schwimmbad in Richtung Garten.

Nach dieser abenteuerlichen Abkühlung um Mitternacht waren wir natürlich hungrig. Unsere Mutter hat uns deshalb stets einen köstlichen Imbiss vorbereitet, den wir jedes Mal genüsslich verzehrten. Kurze Zeit später lagen wir dann in Schlafsäcken auf unseren Liegebetten, dachten an unser erfolgreiches mitternächtliches Bad und schliefen mit der Vorfreude auf das nächste Mal bald und hochzufrieden ein.

---

47 Kopfsprünge

***

In unserem Garten im Schlipf haben wir
sehr viele, teils heftige Gewitter erlebt.
Wenn sich die Gewitterzone direkt über uns befand
und der Donnerlärm deshalb besonders heftig und laut war,
riefen wir gen Himmel:
„Petrus, hör bitte mit dem Kegeln auf!"

***

Danksagung

Als Erstes danke ich Gott dem Allmächtigen für alles, was Er in meinem Leben geführt und geleitet hat. Er hat in ganz unterschiedlichen Situationen stets Seine schützende Hand über mich und meine Familie gehalten.

Ganz herzlich danke ich ebenfalls meiner lieben Frau und unseren drei Töchtern, die mein Leben sehr bereichert und mir ebenso viel geschenkt haben. Ihr Verhalten und ihre Aussagen haben mich zu verschiedenen Kurzgeschichten dieses Buches inspiriert. Mein Dank geht zudem an alle anderen in diesem Buch direkt oder indirekt erwähnten Personen, die ihren Beitrag zu der einen oder anderen Geschichte oder zu einem Zwischenton geleistet haben.

Mein Dank geht – „last, but not least" – an den novum-Verlag, der mich bei der Veröffentlichung meines ersten Buches professionell unterstützt hat. Insbesondere bedanke ich mich bei Carina Ahamer, Autorenbetreuung, und Karolin Leyendecker, Lektorin, für ihre wertvolle und kompetente Arbeit.

EIN HERZ FÜR AUTOREN A HEART FOR AUTHORS À L'ÉCOUTE DES AUTEURS MIA KAPΔIA ΓIA ΣYΓΓ
HJÄRTA FÖR FÖRFATTARE UN CORAZÓN POR LOS AUTORES YAZARLARIMIZA GÖNÜL VERELIM SZ
CUORE PER AUTORI ET HJERTE FOR FORFATTERE EEN HART VOOR SCHRIJVERS TEMOS OS AUTO
SERDCOINKÉRT SERCE DLA AUTORÓW EIN HERZ FÜR AUTOREN A HEART FOR AUTHORS À L'ÉCOL
CORAÇÃO BCEЙ ДУШОЙ K ABTOPAM ETT HJÄRTA FÖR FÖRFATTARE Á LA ESCUCHA DE LOS AUTO
AUTEURS MIA KAPΔIA ΓIA ΣYΓΓPAΦEIΣ UN CUORE PER AUTORI ET HJERTE FOR FORFATTERE EEN
YAZARLARIMIZA GÖNÜL VERELIM SERDCOINKÉRT SERCE DLA AUTORÓW EIN HERZ FÜ
VOOR SCHRIJVERS TEMOS OS AUTO CORAÇÃO BCEЙ ДУШОЙ K ABTOPAM ETT HJÄRTA FÖ

Der Autor

Rolf Kummer, Jahrgang 1957, stammt aus dem
Kanton Basel-Stadt und wuchs mit zwei jüngeren
Brüdern in Riehen nahe der deutschen Grenze auf.
Die Schulzeit schloss er am Wirtschaftsgymnasium
in Basel mit der Matura ab und ging anschließend
bei den Schweizerischen PTT-Betrieben (Schweize-
rische Post AG) in die Lehre – wie der Vater und ein
Bruder. Der Deutschschweizer blieb dem Unter-
nehmen bis zum Renteneintritt mit 62 Jahren treu.
Er absolvierte zudem seine Pflichtzeit beim Militär.
Privat fand Kummer als 31-Jähriger sein großes
Glück. Mit seiner Ehefrau, die ihn zu mancher
Kurzgeschichte inspirierte, engagierte er sich in der
Heilsarmee. Das Paar hat drei erwachsene Töchter.
Rolf Kummer ist ein gläubiger Mensch und hat ein
enges Verhältnis zu seinen Kindern. Viele Ausflüge
unternimmt die Familie zu fünft. Wenn Kummer
gerade nicht in der Natur unterwegs ist oder mit
seiner Frau auf Reisen weilt, widmet er sich dem
Geschichtenschreiben.

novum VERLAG FÜR NEUAUTOREN

Der Verlag

*Wer aufhört
besser zu werden,
hat aufgehört
gut zu sein!*

Basierend auf diesem Motto ist es dem novum Verlag
ein Anliegen, neue Manuskripte aufzuspüren, zu ver-
öffentlichen und deren Autoren langfristig zu fördern.
Mittlerweile gilt der 1997 gegründete und mehrfach
prämierte Verlag als Spezialist für Neuautoren in
Deutschland, Österreich und der Schweiz.

**Für jedes neue Manuskript wird innerhalb we-
niger Wochen eine kostenfreie, unverbindliche
Lektorats-Prüfung erstellt.**

Weitere Informationen zum Verlag und
seinen Büchern finden Sie im Internet unter:

www.novumverlag.com